형운 & 귀혁

성운을 먹는 자

성운을 먹는 자 31

김재한 퓨전 판타지 소설

초판 1쇄 찍은 날 § 2017년 12월 29일
초판 1쇄 펴낸 날 § 2018년 1월 5일

지은이 § 김재한
펴낸이 § 서경석

편집책임 § 이지연
디자인 § 신현아

펴낸곳 § 도서출판 청어람
등록번호 § 제387-1999-000006호
등록일자 § 1999. 5. 31
어람번호 § 제1-2823호

주소 § 경기도 부천시 부일로 483번길 40 서경B/D 3F (우) 14640
전화 § 032-656-4452 팩스 § 032-656-4453
http://www.chungeoram.com
E-mail § chungeorambook@daum.net

ISBN 979-11-04-91592-5 04810
ISBN 979-11-04-90287-1 (세트)

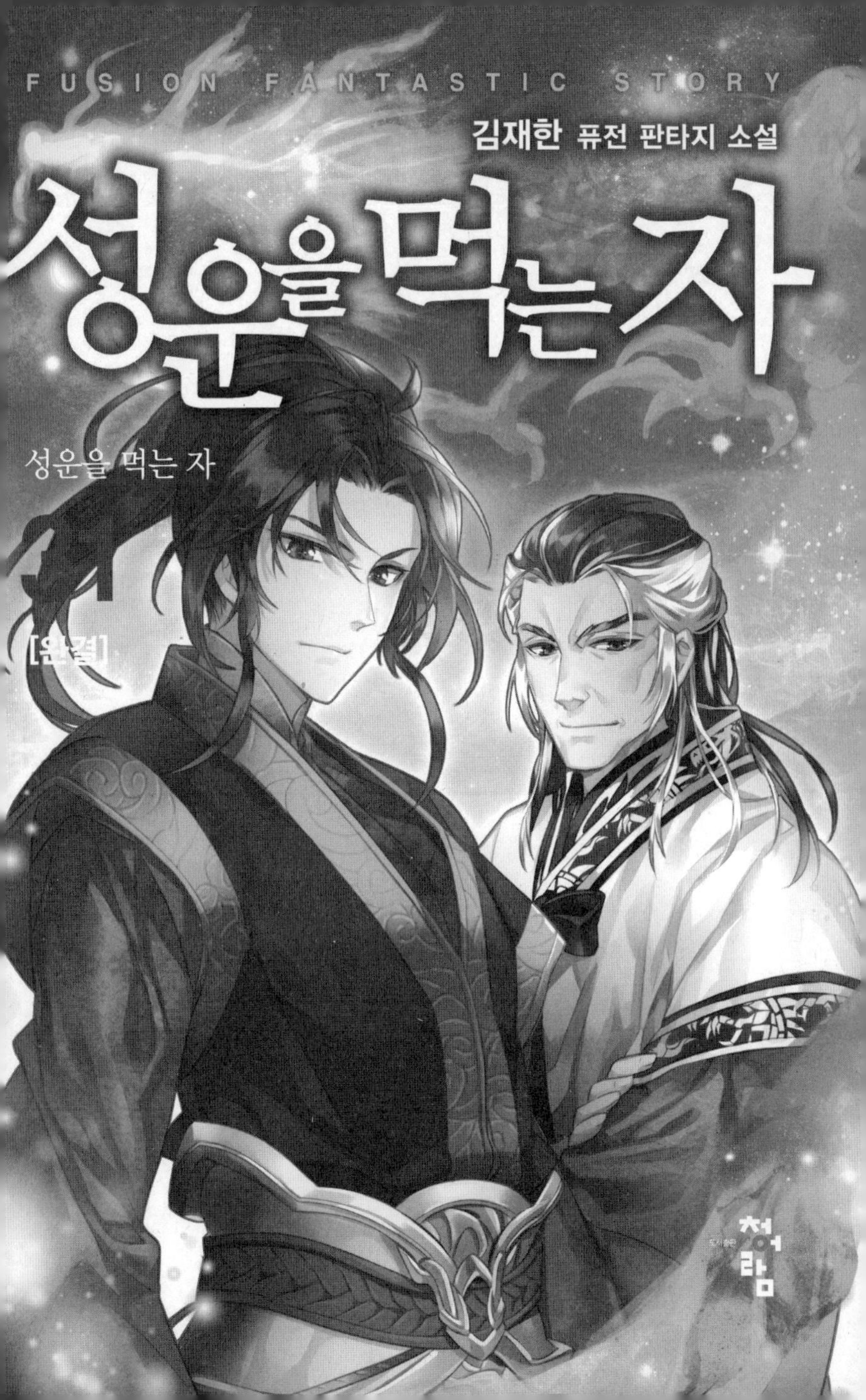
FUSION FANTASTIC STORY
김재한 퓨전 판타지 소설
성운을 먹는 자
성운을 먹는 자
[완결]
청어람

목차

제203장
마지막 약속

성운을 먹는자

1

세계가 어둠으로 물들어간다.

그것은 자연의 섭리를 초월한 변화였다. 시간의 흐름에 따라 낮이 가고 밤이 찾아오는 것이 아니다. 하늘의 색 그 자체가 빛을 집어삼키는 어둠으로 물들어간다.

그 어둠은 더없이 따스하고 평온했다.

어둠 아래의 세상에서는 빛이 사라졌다. 그러나 온기는 있었다.

'이제 눈이 있음을 잊고 살아가도 좋다. 연옥의 주민들이여.'

흑영신교의 성지, 지상에 존재하는 작은 낙원의 모습이 온 세상의 모습이 되어간다.

어둠 아래서 불안에 떠는 자들은 이제 곧 알게 될 것이다. 더 이상 시각에 의존할 필요가 없으며, 따라서 만물에 생김새로 가치를 매기고 괴로워하지 않아도 된다는 것을.

'어둠이 그대들을 보살필 것이다.'

더 이상 생존 때문에 괴로워하지 않아도 된다. 더 이상 욕망 때문에 발버둥 칠 필요도 없다.

위대한 신이 내린 더없이 따스하고 상냥한 어둠이 그들을 보살필 테니까.

이제는 그들을 괴롭히던 모든 것에서 벗어나, 그저 흑영신의 교리대로 살아가다 죽으면 된다. 언젠가 충분한 공덕을 쌓아 흑암정토로 향할 때까지 몇 번이고 그것을 반복하면서.

자신의 영혼에 내재된 신의 뜻에 따라 세계를 변화시키는 주체, 흑영신교주는 현계를 굽어보았다.

본래 100장(약 300미터) 높이에 떠 있던 성혼좌는 성운단의 봉인이 풀리고, 그로 인해 세계가 변화하기 시작하자 마치 그 반동에 밀리듯이 더 높은 곳으로 떠오르고 있었다. 이미 500장(약 1.5킬로미터) 고도를 돌파하고도 상승을 멈추지 않았다.

그것은 그만큼 세계가 변화했다는 증거일지도 모른다.

교주가 성운단을 받아들여 자아낸 어둠은 중원삼국은 물론이고 야만의 땅을 포함한 대륙 전부를 집어삼켰다. 해와 달처럼 둥근 구슬의 형태를 한 현계의 절반 이상이 어둠에 삼켜진 상태다.

변화의 속도는 계속 가속되는 중이니 현계 전부를 변화시키기까지는 멀지 않았다. 하지만 교주가 바라는 변화는 거기서 끝나지 않는다.

지금 교주가 자아낸 어둠은 확장을 최우선으로 하기에 농밀하지 못하다. 모든 하늘을 장악하고 나면 그때부터는 밀도를 높여서 세상의 모든 빛을 말소할 것이다.

또한 섭리도 급변할 것이다. 이 어둠 아래서 인간은 마음을 어지럽히는 열기를 잃게 될 것이다. 불안도, 격정도 없이 평온에 젖어 살게 되리라.

더 이상 욕망은 세계를 바꾸지 못한다. 영원히 계속되는 오늘 속에서 인간의 욕망은 패배하고 신의 섭리만이 영원불멸하리라.

"교주의 예감이 맞았군."

오로지 성운단을 받아들여 세계를 올바른 형태로 변화시키는 것에만 전념하던 교주의 귓가에 만마박사의 목소리가 들려왔다.

"선풍권룡이 오고 있소. 허허허, 정말로 오다니."

어이없어하는 만마박사의 말에 교주는 미소 지었다. 그리고 그 사실에 당혹감을 느꼈다.

'나는 기뻐하고 있는가?'

이상한 일이다.

이 순간을 방해받지 않기 위해 흑영신교가 지닌 모든 역량을 총동원했다. 성지까지 미끼로 내줘가면서 종언의 때까지 적들의 발을 묶어두고자 하지 않았던가?

그런데 왜일까? 형운이 자신이 안배한 모든 책략을 부수고 이곳으로 온다는 사실에 미소 짓게 되는 것은.

'그렇군.'

교주는 깨달았다.

'이것은 인간인 나의 갈망인가.'

자신이 운명의 대적자로 정의한 형운이 이곳으로 와서 자신과 결판을 내길 바랐다는 것을.

'참으로 추하고 하잘것없는 욕망이로구나.'

교주는 신의 화신으로 태어났다. 태어나는 순간부터 자신의 정체와 존재 의미를 뚜렷이 알고 있었다. 그렇기에 흔들림 없이 정해진 운명의 길을 걸을 수 있었다.

누구나 죄를 지을 수밖에 없는 그릇된 세상을 바꾼다. 그로써 죄지을 운명을 타고나 죄인이 되는 가련한 자들을 구원한다.

그것이 그가 살아 숨 쉬는 이유였다. 신의 화신으로서 생명을 부여받은 자로서의 사명이었다.

그런데 이제 와서 그 사명에 방해가 되는 욕망을 깨닫게 되다니?

'그러나… 이 욕망이 이 순간을 만들어주었다.'

교주의 눈에서 불길이 타올랐다.

대업을 이루기 위해 그는 한없이 신에 가깝지만, 그러면서도 인간인 존재가 되어야 했다.

몇 번이고 거듭 인간의 모습으로 살아온 신의 기억이, 그리고 교의 대업을 위해 목숨마저 아낌없이 바친 팔대호법의 기억이 혼돈의 격류가 되어 자아를 위협하는 가운데 인간으로서의 자신을 지킬 수 있었던 것은 갈망이 있었기 때문이다. 그 모든 기억과 차별화되는 자신만의 갈망이 있었기에 교주는 아직 인간인 채로 이곳에 있다.

'그렇다면 아무리 깊은 죄업을 품은 욕망이라도, 이 순간에는 찬사를 보내야 마땅하지 않은가? 죄를 지을 수밖에 없는 세상에서 태어나, 죄를 지었다는 이유로 죄인이 되어 고통받을 수밖에 없는 모순으로 가득한 세상! 이 더러운 세상을 구원할 기회를 만들어낸 것이 이 욕망이라면!'

하잘것없는 욕망을 변호하는 치졸한 변명에 불과할지도 모른다.

그러나 지금은 이것으로 충분하다. 삼라만상 모든 것의 운명을 쥔 지금의 교주가 용서받을 수 없다면, 그것은 곧 이 세상이 구원받을 가치가 없다는 뜻이니까!

'그랬군.'

종언을 시작하기 전, 교주는 신녀를 성지에서 나오게 하여 안전한 곳에 대피시켰다.

생각해 보면 이상한 선택이었다. 교주에게 있어 신녀는 하나뿐인 영혼의 반려다. 그렇다면 신녀는 연옥을 구원하는 이 자리에 함께 왔어야 하지 않을까.

하지만 교주는 그렇게 하지 않았다. 그녀를 안전한 곳에 피신시키고, 대신 만마박사를 동행인으로 삼았다.

그때는 전투가 벌어지는 상황을 대비해서라고 생각했다. 하지만 이제 와 생각해 보면…….

'대비한 것이 아니라, 이렇게 되기를 바라고 있었던 것이다.'

스스로의 마음을 깨달은 교주는 헛웃음을 흘렸다.

쿠구궁!

그리고 성혼좌가 진동하며 침입자들이 나타났다.

2

형운과 귀혁은 암익신조가 추락하는 것과 동시에 달려 나갔다. 질풍처럼 성도의 탑을 달려 올라가서, 천공의 어둠을 향해 날아올랐다.

암익신조와 전투를 하는 동안 결정해 둔 움직임이었다.

성혼좌는 인간의 존재를 용서하지 않는 공간이다. 그곳에서 자신을 유지하고 버티는 것은 그저 무공이 뛰어나다고 해서 가능한 일이 아니었다.

성운을 먹는 자 일맥의 5대 계승자로서 성존과 맞서보았던 귀혁, 그리고 그의 제자이며 필생의 역작이라고 할 수 있는 형운만이 그럴 수 있었다.

"성혼좌가 움직였군."

귀혁이 중얼거렸다.

100장(약 300미터)쯤 올라갔으나 성혼좌는 늘 있던 고도에 없었다. 하지만 두 사람은 혼란스러워하지 않았다.

"계속 고도가 높아지고 있군요."

하늘을 집어삼킨 어둠 속에서도 일월성신의 눈으로 성혼좌를 포착하고 있었기 때문이다.

아무리 능공허도의 경지에 오른 경공의 달인이라도 디딤판 하나 없이 고도를 높이는 것에는 한계가 있다. 추진력을 잃은 상태에서 올라가면 올라갈수록 내공 소모가 급격하게 커지게 된다.

하지만 형운과 귀혁에게는 가연국의 대사 루안이 준 보물 술심(術心)이 있었다.

악명 높은 대마수의 심장으로 만든 이 보물은 생물과 무생물을 가리지 않고 범위 안에 있는 존재의 무게를 없애는 것이 가능하다. 그렇기에 두 사람은 가벼운 진기 소모만으로도 아득한 고도까지 날아오를 수 있었다.

성혼좌가 가까워오자 귀혁이 말했다.

"오랫동안 꿈꿔오던 기회가 하필 이런 형태로 찾아올 줄이야."

성운을 먹는 자 일맥이 5대에 걸쳐 추구해 온 숙원을 이룰 순간이 찾아왔다.

하지만 해낼 수 있다는 확신이 있어서 온 것은 아니다. 해내지 않으면 모든 것이 끝장나기 때문에 온 것이다.

"할 수 있습니다."

형운이 확신이 담긴 어조로 말했다.

"자기 머리로 생각하길 포기한 미친놈들도 할 수 있는 일을 우리가 못 할 리가 없잖아요."

그 말에 귀혁은 잠시 형운을 가만히 바라보았다. 그러다가 성혼좌가 가까워오자 푸근하게 미소 지었다.

"그렇구나."

이 순간을 위해 살아왔다.

그만이 아니라, 그에게 이르기까지 4대에 걸쳐 숙원을 추구한 이들도 그랬다.

언젠가. 그 언젠가…….

많은 사람들에게 있어서 그 말은 사실 영원히 오지 않을 날을 가리키는 말인지도 모른다.

하지만 성운을 먹는 자 일맥에게는 그렇지 않았다. 그들은 자신의 손으로 숙원을 이루고자 하는 의지로 가득한 자들이었다. 그렇기에 자신이 해내지 못했음에 분함을 느끼며 후계자에게 그다음을 맡겼다.

귀혁 또한 그런 사람이었다. 그는 자신의 대에 모든 것을 끝내고자 한번 도전했고, 실패했다. 하지만 그의 의지는 한 번의 실패로 꺾이지 않았다. 실패를 극복할 방법을 찾아 수십 년 동안이나 집념을 불살라 왔다.

'모든 것은 오늘을 위해서였다.'

그리고 마침내 나타난 기회의 문 앞에서 귀혁은 혼자가 아니었다.

성운을 먹는 자 일맥이 5대에 걸쳐 쌓아 올린 모든 성과를 집대성한 최고의 작품이며, 더없이 믿음직한 제자 형운이 함께하고 있었다.

'그래, 할 수 있다.'

확신을 굳힌 두 사람이 성혼좌 안으로 진입하자 눈앞이 하얇게 물들었다. 성혼좌의 결계였다.

이미 경험해 본 일이라 둘은 운무의 형태로 펼쳐진 결계를 뚫고, 하늘과 땅이 반전되는 상황조차도 익숙하게 대응했다.

"봉인이 열려 있군."

성혼좌의 풍경은 기억하고 있던 것과는 완전히 달랐다.

무한한 공허가 펼쳐져 있었다. 무한히 춤추는 운무가 그 공허를 채우고 있었다. 그리고 무수한 별들이 그 속에서 명멸하고 있었다.

그리고 그 너머에 거대한 혼돈이 빛나고 있었다.

인간의 인지능력으로는 크고 작음을 가늠할 수 없을 정도로 거대한 빛. 그저 바라보는 것만으로도 공간감이 붕괴해 버리는 존재.

'성운단!'

혼돈의 빛으로부터 한 줄기 투명한 빛이 내려오고 있었다. 그리고 한 사람이 그 빛을 받아서 끝없는 어둠을 자아내었다.

흑영신교주였다.

"정말로 왔군."

흑영신교주가 있는 지점을 향해 낙하하는 두 사람의 앞을 한 사람이 가로막았다.

친근한 눈매의 미남자였다. 균형 잡힌 장신에 아무런 장식도 없는 흑의를 걸친 그를 보는 순간 형운이 말했다.

"당신이 만마박사인가?"

"초면인데 알아보다니 혼마에게 들었나 보구나. 그래, 내가 전 팔대호법 흑서령 만마박사이니라."

만마박사가 우아하게 예를 표하고는 양손이 좌우대칭을 이루는 자세를 취했다. 동시에 무시무시한 위압감이 덮쳐왔다.

그가 귀혁을 보며 히죽 웃었다.

"30년 만이군, 흉왕. 그동안 나이 든 면상을 보니 세월의 흐름이 실감나는걸. 혼마 그놈은 예나 지금이나 달라지질 않아서 혼란스럽기만 했지."

"이런 때에도 넉살 좋게 떠들어대는 꼴을 보니 내 손에 죽었던 그놈이 맞는 것 같군. 노숙하다 못해 죽어서 썩어버린 놈의 정신에 젊은 몸이라, 질 나쁜 농담이다."

"부러우면 부럽다고 말하시게나."

이미 싸움은 시작되었다. 기공이 어지럽게 얽히면서 불꽃이 튀고 있었다.

만마박사의 뒤쪽에 아지랑이처럼 검은 그림자가 일렁인다. 마치 만마박사의 양옆으로 두 명의 만마박사가 겹쳐진 것 같은 모양새. 한서우와 싸울 때 선보였던 만마박사의 비기 삼두육비(三頭六臂)였다.

"산 놈이라면 부럽겠으나 어차피 죽어서 썩어버린 놈이 아니더냐? 악귀가 어떤 꼴로 나타나든 그걸 부러워할 이유가 없다."

"입담은 여전하시군그래. 하지만 실력은 여전한 정도가 아니겠지. 내가 너에 대해서 들은 것이 좀 많은지라, 세월의 간극은 신께서 내려주신 은총으로 메꾸기로 하겠다."

만마박사가 양팔에 어둠을 둘렀다. 중원삼국 곳곳에서 수십만의 공물을 받은 흑영신이 내려준 신기(神氣)였다. 만마박사는 신기를 완벽하게 흑영기의 형태로 펼치고 있었다.

그리고 그와 동시에 주변 환경이 변화했다.

"이곳은 이미 너희들의 영토라 이건가."

어둠이 모든 것을 집어삼켰다. 그저 시각만을 차단하는 게 아니라 청각과 후각, 촉각까지 주변의 상황을 파악하기 위해 필요한 모든 감각 정보가 둔화된다. 그런 한편 흑영신교도에게 축복받은 환경 속에서 만마박사의 기파가 더욱 강성해지는 것이 느껴진다.

어둠 너머에서 만마박사가 말했다.

"선풍권룡, 너는 가도 좋다."

"뭐?"

"교주께서 너를 보고 싶어 하시는구나. 그러니 가거라. 나는 네 스승에게 해묵은 빚을 갚아야겠으니."

"……"

"물론 둘이 함께 나를 상대하겠다면 그 또한 환영이다. 시간은 너희 편이 아니거든."

형운이 그를 노려볼 때였다. 귀혁이 어둠 너머의 만마박사를 노려보며 말했다.

"가거라."

"사부님."

"이미 한번 죽었던 놈이다. 이번에도 똑같은 결과로 증명해 주마. 빨리 때려눕히고 합류할 테니 일단 급한 불부터 꺼 보자꾸나."

"그러실 필요 없습니다."

"음?"

"제 쪽이 먼저 끝날 텐데요, 뭐. 천천히 놀고 계세요. 제가 도와드리러 올게요."

"……."

잠시 말문이 막혔던 귀혁이 곧 너털웃음을 터뜨렸다.

"하하하! 그럼 어디 누가 먼저 끝나는지 내기해 볼 테냐?"

"그거 좋죠. 지는 쪽이 이기는 쪽한테 술 내기입니다. 제가 이기면 사부님 수집품 중에 제일 좋은 술을 받아 가겠습니다."

"좋은 술이 뭔지는 알고?"

"구룡향주(九龍香酒) 꿍쳐두신 거 다 압니다."

그 말에 귀혁이 움찔했다. 구룡향주는 아홉 가지 향기를 지녔다는 전설적인 술이었다. 30년에 한 번씩, 스무 병도 안 되는 양만이 은밀한 경로로 팔리는데, 이 술을 구입하기 위해서는 생산자가 내는 불가사의한 시련을 거쳐야 하기에 황제조차도 일생에 두 번 마셔볼 수 있을지 알 수 없다고까지 하는 술이다.

형운은 이 술 한 병을 귀혁이 애지중지하며 감춰둔 것을 알고 있었다.

"저도 이제 구룡향주 맛을 보겠군요. 전부터 궁금하긴 했죠."

"벌써부터 이긴 기분 내지 말거라."

"두고 보시라니까요."

형운은 씩 웃으며 만마박사를 지나쳐 갔다.

두 사람의 대화를 멍청하니 듣고 있던 만마박사가 고개를 절레절레 저었다.

"스승이나 제자나 똑같이 오만함이 하늘을 찌르는군."

"내 제자가 워낙 잘 배웠지. 그런데 네놈이 그런 말 할 처지가 되느냐? 내 제자 손에 깨진 흑영신교도가 몇 명인데."

"확실히 그 점에 있어서는 할 말이 없다만……."

피식 웃은 만마박사가 표정을 바꿨다.

"결국은 최후에 웃는 자가 진정한 승리자인 법. 나와 네놈

은 어떨까? 그때와는 입장이 반대가 된 것 같지 않으냐?'

30년 전, 운강에서 귀혁과 만마박사는 종이 한 장 차이로 생사가 갈린 아슬아슬한 싸움을 벌였다. 그 결과 귀혁은 이겨서 살아남았고, 만마박사는 패해서 죽었다.

당시에는 귀혁이 압도적으로 유리한 상황이었다. 만마박사는 황궁의 정예와 천하십대문파의 고수들로 구성된 천라지망(天羅地網)을 돌파하느라 부상 입고 지쳐 있었기 때문이다.

하지만 지금은 입장이 반대다.

모든 면에서 만마박사가 압도적으로 유리한 고지를 차지했다. 교주가 성운단의 힘으로 만들어낸 성지와 동일한 환경, 젊고 활력 넘치는 육체, 그리고 대량의 신기(神氣)까지.

'일을 마무리 짓기까지를 생각하면 교주의 신기 비축량도 여유롭지는 않다. 지금 내가 받은 것만으로 끝장을 내야겠지.'

교주는 흑영신이 천기를 움직여 만들어낸 그릇이다.

한없이 신수에 가까운 대마수 암익신조의 자손인 동시에 성운의 기재이며, 자연이 빚어낸 전설의 신체 극마지체이기까지 하다. 하나만으로도 천하제일을 논할 수 있는 요소가 셋이 모였기에 저토록 신에 가까워진 지금도 인간일 수 있었다.

하지만 그런 교주조차도 성운단을 받아들이는 충격을 온전히 버텨낼 수 없었다. 교도들의 희생으로 갖춘 막대한 신기가 아니었다면 벌써 산산조각으로 흩어지고, 인류를 멸하는 대재앙이 연옥을 휩쓸었을 것이다.

귀혁이 삐딱하게 말했다.

"신기인가. 요즘 들어서 네놈들이 하도 신기를 펑펑 써대는 통에 사실은 신기가 꽤 흔해 빠진 게 아니었나 혼란스러울 정도군."

"그런 시대도 있었겠지. 그리고 오늘부터는 당연한 상식이 될 것이다."

교주가 변혁한 세계는 인간과 신, 정확히는 인간과 흑영신의 거리가 더없이 가까울 것이다. 흑영신은 이제 신화시대보다도 더 거리낌 없이 현계에 간섭할 것이며 다른 신들은 아무것도 하지 못하는 허깨비로 격하되리라.

"지친 몸으로 얼마나 실력을 발휘할 수 있을지 두고 볼⋯⋯."

"아, 그건 걱정해 줄 필요 없다."

순간 귀혁의 몸이 빛으로 화했다.

만마박사는 심상경의 절예가 펼쳐졌음을 알고 방어 준비를 했지만⋯⋯.

―무극회귀(無極回歸)!

귀혁은 한순간 빛으로 화했다가 다시 원래대로 돌아왔을 뿐이었다.

'뭐지?'

귀혁이 분명 심상경의 절예를 펼쳤다. 그런데 아무 일도 일어나지 않았다.

의아해하던 만마박사는 곧 한 가지 변화를 포착했다.

"설마……."

방금 전까지만 해도 귀혁은 분명 지쳐 있었다.

미우성까지 갔다가 총단으로 돌아오는 것만으로도 한계를 넘는 혹사였을 것이다. 그런 이동 직후에 암익신조와 싸우기까지 했으니 아무리 내공 경지가 10심이더라도 바닥을 보일 수밖에 없었을 터.

그런데 지금 귀혁에게서는 피로의 기색을 찾아볼 수 없었으며, 전신이 진기가 충만하여 눈에서 정광이 흘러나오고 있었다.

믿을 수 없지만 귀혁은 지금 만전의 상태다. 마치 이 모든 일이 시작되기 전으로 시간을 되돌린 것처럼!

"인간이 신기도 없이 그런 짓을 할 수 있다고?"

만마박사는 경악을 금치 못했다.

귀혁이 신기를 지녔다면 납득할 수 있었으리라. 신기는 인간이 불가능하다고 여기는 기적을 일으키는 힘이니까.

하지만 귀혁은 신기가 없었다. 오로지 자신의 힘만으로 기적을 일으켰다.

"무극감극도, 시공을 초월하는 절예라고 들었지. 하지만 그런 일까지 가능하다니……."

"잘난 흑영신에게 물어보시지 그러나?"

"으음……."

"이게 다 제자를 잘 둔 덕분이지."

귀혁이 씩 웃었다.

무극회귀는 귀혁이 일월성신의 눈으로 형운과 서로를 들여다보는 수련 과정을 통해 완성한 궁극의 절예다.

그 과정에서 귀혁은 운화와 천공기심과 빙백무극지경의 권능처럼 형운이 지닌 불가해한 능력들이 어떤 감각으로 구현되는지 이해했다. 그리고 그 시점부터 그는 전력으로 그것을 재현할 방법을 연구했다.

해법은 천공기심에 있었다.

귀혁은 이미 심상계를 이용해서 기의 물질화를 이루었다. 천공기심의 본질을 이해하자 이제는 한정적으로나마 심상계에 기를 저장하는 것도 가능해졌다.

심상계에 자신의 진기를 비축하고, 무극감극도로 그것을 되돌려 신체 상태를 최상으로 되돌린다.

그것이 무극회귀의 요체였다.

귀혁은 진기 비축량이 최대일 때 최대 4회까지 무극회귀를 펼칠 수 있었다. 지친 상태는 물론이고 내상을 포함한 중

상마저도 한순간에 회복할 수 있다는 점에서 무극회귀는 신기(神氣)에 필적하는 기적이다.

귀혁은 미우성에서 돌아오기 전에 한 번, 그리고 지금 한 번 무극회귀를 썼다. 아직도 두 번이나 여유분이 남아 있었다.

"물론 네놈도 그 잘난 흑영신의 신기가 있으니 비슷한 일을 할 수 있겠지. 얼마나 잘할 수 있을지, 흑영신이 준 그 몸을 박살 내서 시험해 볼 기회를 주마."

"과연 네가 할 수 있을까?"

귀혁과 만마박사의 살기가 충돌했다.

3

어둠 속에서 형운이 흑영신교주와 마주했다.

하지만 형운은 이 자리에 또 한 사람이 있다는 사실을 알고 있었다.

"저 말고 다른 후보가 저놈이었군요. 언제부터였습니까?"

"네 감각으로는 좀 지난 일이다. 광세천교가 진 일월성단을 노린 그날이었지."

백발을 하늘거리는 성존이 나타나더니 태연자약하게 대답했다. 형운은 그를 노려보며 이를 갈았다.

"숙원을 이룰 수만 있으면 별의 수호자가 어떻게 되든 상관없습니까?"

"응."

"죄 없는 사람이 죽든 말든 신경도 안 쓰시겠지요."

"답을 알고 있으면서 왜 묻지?"

"사람에게는 그러지 않으면 견딜 수 없을 때가 있으니까요."

형운은 싸늘한 분노로 성존을 노려보았다.

이런 존재라는 것을 알고 있었다. 그를 향해 증오와 분노를 터뜨려 봤자 아무런 의미가 없다는 것도.

왜냐하면 지금 형운이 하는 행동은 절벽에다 대고 소리치는 것과 똑같으니까. 성존은 그런 존재니까.

그럼에도 형운은 솟구치는 감정을 억누를 수 없었다.

"오늘, 당신의 숙원은 이루어질 겁니다."

"그럴 것 같군."

성존은 들떠 있었다.

그에게 중요한 것은 오직 숙원의 성사 여부뿐이다. 그는 1300년 동안 오로지 그것만을 위해 존재해 왔으니까.

성운단을 현계와 통합시켜 신창세를 이룬다. 그 숙원이 이루어져서 성운단의 의미와 가치가 증명된다면 그로써 족했다. 그 결과 변한 세계가 어떤 모습이 될지는 관심 밖이었다.

형운이 물었다.

"만약 저놈이 실패할 것 같았다면… 그때는 어쩌실 생각이었습니까?"

"당연히 다시 시도했겠지. 성해에서 흑영신교를 치워 버리고 별의 수호자를 최대한 온존하는 방향으로 힘을 썼을 거야. 너와 귀혁도 살리고."

"온존한다……."

형운은 그의 말이 의미하는 바를 상상할 수 있었다.

성운단의 봉인을 푼 결과가 가벼울 리 없다. 아마 수습 불가능한 대재앙이 세계를 덮쳤으리라. 그 재앙의 형태가 어떠했을지까지는 알 수 없으나 인류 멸망을 결정해야 하는 수준이었을 것만은 분명하다. 헤아릴 수 없을 정도로 많은 인간이 죽고, 문명과 사회가 붕괴했을 터.

그런 상황 속에서 성존은 별의 수호자를 온존할 것이라고 말한다.

분명 그에게는 그런 힘이 있다. 천계의 신들조차 두려워하는 힘이!

형운은 다시 물었다.

"이번에 실패하더라도 성운단은 얼마든지 다시 만들 수 있는 겁니까?"

"다른 것들보다야 훨씬 시간과 노력이 많이 들지만, 할 수 있지."

"그럼 만약 이번 일이 성공한다면 그다음엔 어쩌실 생각이었습니까? 흑영신이 이 세상을 지배하고 나면 당신을 그냥 놔두지 않을 것 같은데요."

"상관없어."

성존은 그게 무슨 상관이냐는 듯 해맑게 웃었다.

"숙원만 이뤄지면 그 후의 일이야 알 바 아니지."

흔들림 없는 그 대답에 형운이 눈을 질끈 감았다.

성존에게 있어서는 과거도, 현재도, 미래도 숙원과 관계되었을 때만 가치가 있다. 그의 존재 의미는 오로지 숙원을 이루는 것이다. 숙원이 이루어지고 나면 존재 의미도 사라진다.

"잘 알았습니다. 지금부터 제가 끼어들려고 하는데… 괜찮겠습니까?"

"물론. 그릇이 하나여야만 된다고 정해두진 않았으니까."

결과적으로 숙원이 이루어지기만 한다면 방법은 상관없다. 형운은 성존의 뜻을 확인하고 교주에게 다가갔다.

"형운, 내 운명의 대적자."

교주가 희열을 드러내며 말했다.

"기어이 내 앞에 섰구나. 이 순간을 막고 싶었으나, 동시에 고대하고 있었느니라."

"미친놈아, 하나만 해."

"하하하, 이 모순이야말로 인간다운 마음이라고 보지 않으
냐?"

쿠우웅……!

형운의 뒤쪽에서 폭음이 울려 퍼졌다.

주변을 장악한 두꺼운 장막처럼 어둠이 그 너머에서 일어
나는 일을 가린다. 하지만 형운은 귀혁과 만마박사의 싸움이
시작되었음을 알았다.

교주가 쓴웃음을 지었다.

"새삼스럽지만 네 스승은 정말 경이로운 자로다."

"아마 네놈들이 꽤 잘 알겠지. 자, 그럼 우리도 시작해 볼
까?"

형운이 성운단을 올려다보았다.

지금 성운단은 자신을 풀어 헤쳐 만든 단 하나의 실을 교주
를 향해 늘어뜨리고 있을 뿐이다. 그런데 형운이 의지를 품음
과 동시에 그 실이 두 개가 되었다.

'……!'

순간 의식이 날아가 버릴 듯한 압력이 형운을 덮쳤다.

교주가 중얼거렸다.

"과연 신의 가호도 없이 그 힘을 버텨낼 수 있을까?"

흑영신이 천기를 움직여 만들어낸 그릇, 교주조차도 그 압
력을 버텨낼 수 없었다. 그런데 과연 인간의 집념이 신이 설

계한 운명을 뛰어넘을 수 있을까?

우우우우우!

형운의 몸이 타오르는 듯한 빛을 발했다. 일순간 그의 형체
가 빛 속에 녹아들어서 흩어져 버리는 듯했다.

"이 정도, 로, 는……!"

그러나 그 속에서 악 받친 목소리가 울렸다.

"나를! 부수지 못해!"

순간 신의 힘이 교주에게 형운에게 일어난 변화를 보여주
었다.

'공허.'

천공지체의 힘이 그릇을 능가하는 힘을 담아내었다.

'변화.'

그 과정에서 발생하는 충격을, 운화의 힘이 고정된 형체의
한계를 뛰어넘으며 받아 흘렸다.

'융화.'

일월성신의 힘이 끝없는 혼돈을 붙잡아 한없이 순수한 질
서의 힘으로 통합시켰다.

일월성신.

천공지체.

백운지신.

별의 수호자가 꿈꾸던 세 가지 전설이 형운의 한 몸에 모여 있다.

그렇다. 인간이 만들어낸 전설의 집대성이, 신이 계획한 운명의 작품조차도 능가한 것이다.

일월성신만으로도 형운은 능히 신을 담아낼 그릇이었다. 천공지체의 힘이 더해지자 천재지변조차 감당할 공허가 그 안에 함께했으며, 운화를 손에 넣음으로써 시공간의 제약을 뛰어넘는 변화를 손에 넣었다.

삼라만상을 원하는 형태로 재조립할 수 있는 권능이 형운의 내면에서 눈을 뜬다. 그로써 심상 세계와 현실 세계를 가르는 경계가 무너진다.

'보거라.'

형운은 예전에 죽은 자가 귓가에 속삭이는 목소리를 들었다.

'세상은 이토록 넓지 않느냐. 우리는 우물 안의 개구리였구나.'

얼굴이 보이지 않는 그 사람은 분명 흐뭇하게 미소 짓고 있으리라. 형운은 흰 수염을 기른 환예마존 이현이 웃는 얼굴을 쉽게 상상할 수 있었다.

'예, 어르신.'

그리고 세상이 보였다.

인간의 시야가 아무리 넓어도 담을 수 있는 정보는 한정적이다. 아무리 높은 곳에서 굽어본다 하더라도 세상 전부를 볼 수는 없는 법이다.

그런데 형운에게는 모든 것이 보인다.

위와 아래, 전후좌우 모든 방향의 모습이 보였으며 나아가서는 그가 중심축이 된 채로는 볼 수 없는 곳에까지 시선이 닿았다. 한 공간에 있을 수 없는 풍경이 한 공간에 자연스럽게 담겨 있는 그 광경은 마치 신이 세상을 보는 시각이 이러하지 않을까 싶었다.

세상은 넓었다.

중원삼국 바깥으로도 너무나 광활한 세상이 펼쳐져 있었다. 아직 중원삼국의 인간들이 알지 못하는 땅에서, 만나보지 못한 인간들과 인간이 아닌 자들이 저마다의 문명을 일구며 살아간다.

'우리 모두가 만나는 날이 언젠가 올까?'

어쩌면 중원삼국의 인간들은 요람에 갇혀 있었는지도 모른다. 신화시대에 만들어진 그 요람이 너무나 크고 튼튼했기에 다들 자신이 갇혀 있다는 실감조차 없었을 뿐일지도.

세상은 넓었고 아직 아무도 모르는 수많은 비밀과 경이로 가득 차 있었다.

형운은 가연국을 보았다. 영수와 인간이 어우러져 일구어낸 문명사회는 중원삼국과는 확실히 다른 형태를 띠고 있었다.

형운은 야만의 땅을 보았다. 아직 제대로 된 문명을 일구어내지 못한 사람들이 신화시대의 잔재에 괴로워하며 필사적으로 오늘을 살아가는 것이 보였다.

형운은 서쪽의 문명국을 보았다. 비록 중원삼국보다는 작지만 대륙 서쪽 끝에서 뛰어난 문명을 일구어낸 그들은, 서쪽 바다 너머의 또 다른 문명국과 때로는 전쟁하고 때로는 교류하며 살아갔다.

그리고 대륙 동쪽 바다 너머를 가로막은 끝없는 해일, 영원장벽.

그 너머를 엿본 형운이 탄식했다.

'아…….'

형운은 왜 신들이 영원장벽 너머를 가리켜 이 시대의 인간에게는 아직 허락되지 않은 영역이라고 말했는지 이해했다.

'신들에게는 아직 유예기간이 필요하구나.'

형운이 꿈꾼 세상은 더 이상 신화시대의 잔재에 괴롭힘당하지 않는 세상이었다.

그러나 영원장벽을 보는 순간 형운은 신들에게 아직 유예기간을 주어야 함을 깨달았다.

현계는 둥근 구체의 형상을 띠고 있다. 따라서 동쪽으로 향하다 보면 대륙 서쪽 끝의 문명국에도 도달하게 된다.

영원장벽은 그 둘레의 한 지점을 차단하고 있었다. 거대한 원형으로 솟구친 해일의 장벽은 현계에 존재하는 거대한 구멍을 봉인하고 있었다.

그 구멍은 바로 1300년 전에 성운단이 성운을 먹는 자 없이 현계에 낙하해 왔을 때 생긴 상흔(傷痕)이다. 당시 더없이 인간과의 거리가 가까웠던 신들이 서로 적대하는 입장조차 잊고 힘을 합쳐 재앙을 막았지만, 완전히 막아내지는 못했다.

그때의 성운단을 이루던 자원은 현계에 통합되지 못했다. 대신 현계에 거대한 구멍을 뚫어놓고 그 너머, 신들조차도 어딘지 알 수 없는 곳으로 사라져 버렸다.

분명한 것은 두 가지다. 영원장벽의 봉인이 없으면 이 구멍이 점점 커지면서 현계를 집어삼킨다. 그리고 이 구멍의 크기는 시간이 흐르면서 점점 줄어들고 있는 중이다.

영원장벽은 신들이 연합해서 창조한 기적이다. 이 봉인이 목적을 다할 때까지는 인간과 신의 연결 고리가 유지되어야만 했다.

'그래, 아직 신들은 의무를 다하지 못했어. 좀 더 시간이 필요해. 부디 시간을 줘.'

형운은 또 다른 죽은 자의 목소리를 들었다. 그것은 위해극의 목소리였으며 또한 그의 그림자를 빌린 풍혼아의 목소리였다.

그리고 또 다른 목소리가 들려왔다.

―백 년도 장담할 수 없는 하루살이 같은 인간이 세상의 운명을 걱정하느냐. 어리석고 가련하도다.

그 목소리는 마치 아이를 달래는 자장가처럼 잔잔하고 평온했다.

하지만 형운은 그 목소리에 실린 해일보다도 거대한 존재감을 느꼈다.

그것은 평안할 것을 강요하는 목소리다. 평범한 인간이 그 목소리를 듣는다면 모든 것을 잊으리라. 마음을 어지럽히던 번민을 잊고, 삶의 고통을 잊고, 기쁨도 잊고, 이윽고 더 나은 삶을 위해 노력하는 열정조차 잊고 평안에 잠기리라.

'흑영신.'

형운은 세상 너머, 천계의 높은 곳에 자리한 어둠의 신격을 보았다.

지금 이 순간에는 흑영신을 똑바로 마주할 수 있었다. 그것은 끝이 보이지 않는 어둠이었다. 어쩌면 이 광활한 현계보다 훨씬 더 거대할지도 모르겠다.

'설령 인간의 삶이 장대한 시간의 흐름 속에서 하루살이처럼 덧없다 하더라도.'

형운은 흑영신을 똑바로 노려보았다.

'그럼에도 그 덧없는 삶이 모이지 않으면 역사는 성립하지 않아. 인류를 구원하겠노라 말하는 존재가 인간의 가치를 작다 말하다니 웃기지도 않는군. 역시 네게는 구원을 말할 자격 따위는 없어!'

그리고 형운이 그 몸에 담아낸 권능이 세상으로 퍼져 나갔다.

오로지 흑영신교주 혼자의 독주(獨奏)로 진행되던 재창세가 형운과 경쟁하는 합주(合奏)로 변한다.

"…이 순간을 수천 번도 더 상상해 왔지."

빛을 집어삼킨 형운이 눈을 떴다. 성운단으로부터 내려온 힘이 세상을 변화시키고 있었다.

쿠구구구구……!

변화는 성혼좌가 아니라 그 바깥에서 시작되었다.

세상의 절반 이상을 뒤덮었던 어둠이 흔들리기 시작한다. 그리고 시간이 정지해 버린 듯 확장을 멈춘다.

교주가 싸늘한 눈으로 형운을 바라보았다. 형운은 성운단의 힘으로 그가 일으키는 변화를 막는 것을 우선시했다. 성운단을 받아들이는 자가 둘이라면, 그런 식으로 성운단의 힘을 소진하는 방법도 있는 것이다.

형운이 어둠 속에서 한 발을 내디뎠다.

"뭐든지 시작하기 전까지가 가장 두려운 법이야. 상상하면 상상할수록 두려움이 커져."

얼마나 아플까. 얼마나 힘들까. 과연 내가 해낼 수 있을까. 아무것도 못 하고 쓰러지진 않을까.

"하지만 시작해 버리고 나면 두 가지로 나뉘게 돼. 그 상상이 물러 터졌다는 사실을 뼈저리게 실감하게 되거나……."

"지나치게 겁먹고 있었다는 사실을 깨닫게 되거나."

흑영신교주가 자기도 모르게 말했다. 왜냐하면 형운이 말한 심정이 바로 이곳에 오기 전까지 그가 느낀 것과 같았기 때문이다.

그러자 형운이 표정을 찌푸렸다.

"와, 역겨워서 토할 것 같군."

"뭐?"

"네놈하고 마음이 통하다니, 혐오스럽잖아."

웩, 하고 토하는 시늉을 한 형운이 양팔을 펼치며 말했다.

"어쨌든 해보니까 별거 아니군, 성운을 먹는 자. 그냥 저질렀어도 됐겠어. 그랬으면 일찌감치 세상에서 네놈들을 치워버릴 수 있었을 텐데."

"후회는 아무리 빨라도 늦은 법이지. 그리고 네놈에게 타인의 목숨을 걸고 도박할 배짱이 있나?"

교주의 비아냥거림에 형운이 피식 웃었다.

"날 꽤 잘 아는군. 그런데 말이야. 남의 목숨을 걸고 도박하는 거, 그건 배짱이 아냐. 쓰레기 같은 짓이지. 네놈들이 늘 해왔던 짓 말이야."

웃고 있었지만 형운의 가슴속에서는 용암 같은 분노가 들끓고 있었다.

'죄 없는 사람들이 너무 많이 죽었어.'

이놈들이 일으킨 참극을 보라. 세상을 구원하겠다는 광기로 얼마나 많은 이가 짓밟혔는가?

'적어도 이 자리에서 너희들의 역사에 종지부를 찍어 그들의 원한을 달래줄 것이다.'

천천히 한 걸음씩 걸어가던 형운이 교주와 서로 손발이 닿는 거리까지 접근해서 멈춰 섰다.

"그럼 이제 허황된 야망을 부숴주마. 네놈들이 준비한 것들을 차례차례 부수고 여기까지 온 것처럼."

"언제고 이런 날이 오기를 바랐지."

교주가 차갑게 웃었다.

"내 인간으로서의 갈망, 그것은 네게 빚을 갚는 것이었다."

교주는 자신의 마음을 깨달았다. 그렇다. 그의 마음에는 상처가 있었다. 형운에게 패한 그날부터 오랫동안 복수의 순간을 꿈꾸고 있었다.

이 얼마나 하잘것없는 욕망이란 말인가.

분명 인간의 마음이 신의 의지에 비하면 티끌에 불과할지도 모른다. 그러나 신이 인간 세상에 집착하는 한 그 티끌에는 세계의 운명을 좌우할 무게가 있었다.

형운이 비아냥거렸다.

"흔해 빠진 소원이군. 그 후로 몇 년이 지났는데 이제야 그걸 시도해 볼 기회를 주다니 흑영신의 무능함을 알 만한데? 아, 물론 소원이 이루어지지도 않을 거라는 점에서는 더 그렇지."

교주와 형운의 시선이 교차했다. 둘 다 살기 어린 미소를 지은 채 서로를 바라본다.

그리고……

콰아아앙!

두 성운을 먹는 자의 싸움이 시작되었다.

제204장
인간의 싸움, 신의 싸움

성운을
먹는자

1

일순간 세계가 흔들렸다.

하늘이 흔들리고 그 아래의 신격들이 추방당할 때와 달리
이번의 흔들림은 모두가 느낄 수 있었다.

어둠으로 물든 총단에서 필사적으로 싸우던 모든 자들이
순간적으로 싸움을 멈추고 하늘을 올려다보았다. 생사가 갈
리는 싸움 속에서 그럴 수밖에 없을 정도로 절대적인 존재감
을 느꼈기 때문이다.

"형운."

풍성 초후적과 함께 대마수 심안호창을 상대하던 가려는

자기도 모르게 중얼거렸다.

본능적으로 알 수 있었다. 이것이 형운의 싸움이 시작되었음을 알리는 종소리라는 것을.

—시작되었군.

심안호창은 그 변화를 가려보다도 민감하게 감지했다. 조금 전까지만 해도 성해에는 흑영신교도들에 대한 축복이 가득했으나 이제는 불신자들을 축복하는 힘이 끼어들고 있었다.

가려는 반사적으로 귀걸이를 만지작거렸다. 먼 거리에서도 통신을 가능케 해주는 진조족의 장신구였다.

하지만 그녀는 곧 한 가지 사실을 깨닫고 탄식했다.

지금의 형운에게는 진조족의 장신구가 없었다. 운벽성 지부에서 하나 남은 팔찌를 운 장로에게, 그리고 두 발찌는 강연진과 오연서에게 나눠주었기 때문이다.

서하령에게 연락을 해보려던 가려는, 곧 그 시도를 그만두었다.

저쪽에서 울려 퍼지는 폭음만 들어도 그쪽에서 아직 격전이 펼쳐지고 있음을 알 수 있다. 그쪽의 전황을 구체적으로 모르는 상황에서 함부로 연락했다가는 치명적인 허점을 만들어낼 수도 있는 노릇이니 욕망을 억눌러야 했다.

'괜찮아.'

가려는 가슴에 손을 가져갔다. 심장의 고동이 느껴진다.

'형운은 살아 있어.'

형운과 가려는 가연국의 대사 루안이 준 영단을 나누어 먹었다. 이 영단을 먹은 두 사람은 본능적으로 서로의 생사를 가늠할 수 있었다.

'결국 말없이 가버렸군요.'

형운의 생존을 확신하며 안도하는 한편, 화가 났다. 진조족의 장신구를 잃어서라고는 하나 결국 형운은 가려에게는 한 마디 말도 없이 미지의 위험 속으로 뛰어든 것이다. 하다못해 서하령을 통해 연락할 수도 있었을 텐데.

'돌아오면 잔소리 들을 각오 정도는 되어 있겠지요. 도망치는 건 생각도 하지 마십시오. 세상 끝까지 따라가서라도 하루 종일 잔소리를 퍼부어줄 겁니다, 반드시.'

가려는 울컥 치솟는 화를 억누르며 다짐했다.

2

성운을 먹는 자는 그저 성운단의 힘을 담아두는 그릇이 아니다. 만약 그랬다면 의지를 가진 존재일 이유도 없었으리라.

성운단을 자신의 육신에 품어서 그 안에 내포된 삼라만상의 힘으로 세상을 변혁시킬 수 있는 자.

그것이 바로 성운을 먹는 자의 참뜻이었다.

더없이 확고한 심상을 지녀야만 한다. 현실처럼 생생하게 떠올릴 수 있을 정도로.

그렇지 않다면 무의식에 깔려 있던, 정리되지 않은 욕망이 마구 튀어나올 것이다. 그 결과는 분명 세상에 끔찍한 혼돈을 선사하리라.

그런 의미에서 흑영신교주는 완벽하게 준비된 자였다.

장구한 세월 동안 신을 섬기며 완성한 흑영신교의 세계관은 확고했다. 교주는 자신이 어떤 세상을 만들어야 하는지, 그 세상이 어떤 모습을 하고 있어야 하는지 아주 세세한 부분까지 완벽하게 알고 있었다.

과연 형운은 어떨까?

단순히 힘을 담아낼 그릇으로서는 그보다 나을지도 모른다. 아니, 확실히 더 낫다.

하지만 과연 그가 교주처럼 명확하게 세계의 변화를 그려낼 수 있을까?

'준비되어 있었군.'

교주에게는 유감스럽게도, 형운은 그럴 수 있었다.

'수도 없이 상상해 봤다는 뜻은 단지 각오를 굳히는 과정을 이야기하는 것이 아니었나. 상상하고 대비한다는 것을 이토록 완벽하게 실현하다니, 과연 흥왕의 제자답다.'

형운은 자신이 무엇을 해야 할지 알고 있었다.

그것은 혼자 준비한 결과가 아니었다. 형운은 귀혁과 수도 없이 이 상황을 이야기하며 심상을 다듬어왔다.

말함으로써 생각을 명확히 한다.

글로 쓰고, 그림으로 그림으로써 보다 구체화한다.

그 과정을 수도 없이 계속해 온 노력은 결코 헛되지 않았다.

따라서 형운이 하는 일은 단순히 교주가 일으키는 변화를 막는 것에 그치지 않았다. 그는 자신이 심상에 구축한 형태대로 세상을 변화시키고 있었다.

성운단의 힘이 세상에 녹아들어 간다.

이미 현계는 재창세의 과정을 밟고 있다. 삼라만상과 시공에 각인된 역사와 법칙이 다시 쓰이는 중이다. 세상은 정확히 교주와 형운이 소화해 낸 성운단의 힘만큼 더 많은 자원을 갖게 되었다.

서로 손발이 닿을 거리에서 격투를 벌이던 형운과 교주가 동시에 기화했다.

……!

순백과 칠흑, 서로 대극을 이루는 무극의 궤적이 교차하면서 상처 입은 세계가 울부짖는다.

하지만 그것도 잠시다. 재창세의 심장부가 된 성혼좌에서는 만상붕괴조차도 울려 퍼지지 못하고 삼켜지고 만다.

"…다시 봐도 역시 소름 끼치는 세계군."

형운이 혐오감을 드러내었다.

무극의 권의 교차는 서로에게 아무런 타격도 주지 못했다. 대신 서로의 심상을, 성운을 먹는 자로서 목표하는 세계의 모습을 보여주었다.

형운이 본 흑영신교주의 심상은 이전에 천두산에서 본 것의 재현이었다.

누대에 걸쳐 구축된 흑영신교의 이상향은 이미 완전무결하다. 더 이상 손댈 곳 없이 고스란히 구현하기만 하면 되는 형태였다.

"그러는 네 세계는 진부하기 짝이 없군."

교주도 혐오감을 드러내었다.

형운이 품은 심상은 지금의 세상과 별로 다르지 않았다. 그저 신화시대의 잔재가 일소되었으며 자연의 은혜가 더 풍족한 세상일 따름이다.

진부한 세상이다. 흑영신교의 기준으로는 더없이 그릇된 그 세상의 모습은 혐오해 마땅했다.

형운이 말했다.

"당연히 진부해야지."

"뭐?"

"억조창생의 운명을 결정할 권리가 내 손에 있잖아. 그리고 난 이 힘을 휘두를 수밖에 없어. 하지만 동시에 그것이 세계를 향한 폭거임을 알지."

그렇기에 형운은 진부한 답을 내기로 했다. 약간이라고 하기에는 커다란 욕심을 부리기는 했지만 그 정도는 세상의 운명을 결정하는 자로서 행사할 만한 권리라고 우길 것이다.

교주가 말했다.

"네놈이 강요할 진부함이야말로 진정한 폭거가 될 것이다. 더 이상 신의 보살핌을 받지 못하게 된 인간이 과연 존립할 수 있을까? 결국은 그릇된 세상 속에서 고통받다 파멸할 뿐이다."

"있어."

"진심으로 그렇게 생각하느냐? 아니, 그렇겠지. 적어도 네놈은 그렇다고 믿어 의심치 않을 것이다."

"세상은 넓다. 네놈들의 신은 끝없이 거대해 보이지만, 그럼에도 결국 세상의 일부일 뿐이야. 눈을 돌려봐. 네가 어둠으로 바꿔놓은 하늘 아래 무엇이 존재하는지."

다양한 모습의 사회가 있었다.

중원삼국처럼 신의 가호를 받으며 존립하는 사회가 있는

가 하면 신화시대의 잔재와 투쟁하는 작은 사회들도 있었다. 또한 신의 그림자에서 벗어나 인간과 영수의 힘만으로 만들어낸 사회 또한 있었다.

"어쩌면 신의 존재는 인간에게 필요한지도 모르지. 더 이상 신들이 인간을 보살피지도, 지배하지도 않는 시대가 되어도 인간은 신을 버리지 못할지도 몰라."

중원삼국에서 나고 자라난 형운은 그런 삶의 형태를 이해하기 어려웠다. 하지만 이 넓은 세상 어딘가에는 분명 그런 사회가 존재하고 있었다.

실존하는 신들이 모두 사라진 시대에, 인간이 이미 사라졌거나 처음부터 존재하지 않는 신을 상상하고 거기에 기대는 사회가.

"그렇다 하더라도 인류는 신의 보살핌 없이 스스로 걸을 수 있어. 난 믿는다."

형운은 신화적인 존재의 폭거에 맞서 싸운 인간들을 알고 있었다.

청해군도에서 암해의 신에게 대항한 자들이 있었다.

설산에서 성하에게 저항한 자들이 있었다.

그들만이 아니었다. 세상 곳곳에 그런 역사가 아로새겨져 있었다. 지금 인간이 누리는 문명은 과거 수많은 자들이 피와 눈물로 쟁취해 낸 미래였다.

교주가 탄식했다. 마치 불쌍한 존재를 보았다는 듯이.

"여전히 끝을 알 수 없는 오만함이구나."

"오만한 것은 네놈들의 신이다. 인간을 이해하지도 못하는 주제에 구원을 이야기하는 그 사악함과 오만함을 봐라. 내세를 위한 공덕을 이야기하며 현재의 목숨을 짓밟는 잔혹함을 봐라! 누가 감히 그 앞에서 오만을 이야기할 수 있지?"

"오만은 인간의 죄악이다. 신은 오만할 수 없다. 왜냐하면 신의 말씀은 곧 진리이기 때문이지."

교주의 모습이 변화하기 시작했다. 흑영기가 온몸을 휘감고 등 뒤에서 날개처럼 펼쳐졌다.

"형운, 네가 암천령과 싸우는 것을 보았다. 인상적이었지."

암천령은 지금 이 순간에도 성지에서 싸움을 계속하고 있었다.

형운이 총단에 온 시점에서 그에게 주어진 가장 중요한 임무는 실패로 끝났다. 그리고 전세는 완전히 기운 상황이었다.

그런 상황 속에서도 암천령은 혼신의 힘을 다해 적들과 맞서고 있었다. 그럴 수 있었던 것은 교주가 주도하는 재창세가 그에게 거듭 큰 힘을 내려준 덕분이었다.

그 과정에서 교주는 흑영신의 눈으로 암천령을 보았다. 그로써 막대한 신기를 받은 암천령을 형운이 어떻게 상대했는지 알아낸 것이다.

"너는 이미 인간의 몸으로 신격을 살해할 수 있는 힘을 갖췄다."

단순히 힘의 크기나 질만으로는 아무리 작은 신격이라고 하더라도 형운을 아득히 능가한다. 하지만 싸움의 승패를 결정하는 것은 권능의 크기만이 아니다. 형운은 이미 신격을 상대할 수 있는 최저한도를 넘어서는 힘과 그것을 극대화시킬 수 있는 기술을 모두 갖추고 있다.

"하지만 나 역시 그러하지. 내게는 신의 힘과 인간의 기술이 공존하고 있노라. 과연 지금의 나를 어쩔 수 있겠느냐?"

"네가 제정신이 아닌 건 알고 있다만, 그래도 말은 좀 똑바로 하지그래?"

형운이 냉소했다.

"복수전을 치러야 하는 건 너지 내가 아냐. 넌 나한테 아주 비참하게 깨진 놈이잖아? 부하들 희생 아니었으면 진즉 죽어 나자빠졌을 패배자 주제에 뭘 승리자인 양 떠들어대고 있냐?"

"……"

교주의 표정이 얼음장처럼 싸늘해졌다. 그 속에서 들끓는 분노를 읽어낸 형운이 히죽 웃었다.

"게다가 나한테만 깨진 것도 아니잖냐? 우리 사부님한테도 한번 깨졌고, 예전에 설산에서는 가신우한테도 처맞았지? 아,

혹시라도 가신우한테 네가 이겼다고 우기진 마라. 무인으로서 양심과 자존심이 있으면 말이야."

"하……! 형운, 역시 너는 정말 사람 속을 긁는 재주가 탁월하구나."

"에이, 네가 찔리는 게 너무 많은 거지. 내가 한 말 중에 사실 아닌 게 있냐? 살 붙일 것도 없이 객관적인 사실만 나열해도 이렇구만. 아, 그리고 보니 너네 성지에서 백무검룡 선배를 만났는데 그분이 그러시더라. 뜬금없이 네가 부하 몸 빌려서 나타나서 싸움을 걸길래 때려눕혔다고. 내가 모르는 새 또 1패를 추가하다니 너는 정말 패배의 상징이다. 그런 놈이 흑영신교 수장 노릇하고 있는 걸 보면 흑영신교가 얼마나 꿈도 희망도 없는 집단인지 알 만하지 않냐?"

현란한 조롱에 교주는 울화통이 터질 것만 같았다. 교주는 자신의 내면에 이토록 천박하고 노골적인 감정이 존재한다는 사실에 놀라고 말았다.

"…네가 열거한 모든 치욕스러운 과거도, 결국 이 자리에서 너를 쓰러뜨림으로써 빛바랜 추억으로 만들 것이다."

"쯧쯧, 솔직하지 못한 놈. 영원한 치욕으로 남기겠다는 소리를 꼭 그렇게 돌려서 말해야겠냐? 넌 패배하는 법밖에 모르잖아."

"……."

교주는 말로 형운을 당해내길 포기했다. 더 대화를 끌었다가는 울화통이 터져서 냉정한 싸움은커녕 재창세를 진행하는 심상조차 흐트러질 것만 같았다.

"네가 도전하는 입장이 아니라 도전을 받아주며 거들먹거리는 입장이길 바란다면, 그리하라. 기꺼이 도전해 주마."

"누가 들으면 사실이 아닌데 네가 선심 써서 그런 걸로 해주는 줄 알겠다? 사실을 이렇게 호도하다니 누가 마교 수장 아니랄까 봐."

"세계의 욕망과 함께 스러져라!"

교주는 흑영기를 해제한 채 공격해 왔다.

쾅!

첫 격돌부터 폭음이 울렸다. 그리고 형운이 다음 자세를 이어가기도 전에 교주가 섬전 같은 연계기를 펼친다.

'빠르다.'

형운의 등골이 오싹해질 정도로 빠르고 날카로웠다. 감극도의 반응 속도가 아니었으면 단번에 타격을 허용했을지도 모른다.

'암월령 이상!'

이어지는 공방에서 형운은 방어에 전념할 것을 강요받았다. 교주가 형운보다 더 빠르고, 더 강하다. 교주의 신체 능력은 천두산에서 쓰러뜨렸던 암월령의 그것조차 능가하고 있었다.

"역시 감극도로군. 하지만 그 절세의 무공도 종언과 함께 사라질 것이다."

현란한 공세를 퍼부으면서 교주가 탄성을 흘렸다.

분명 그가 형운보다 빠르게 움직인다. 완력 또한 우위이며, 진기 운용의 순발력도 더 앞선다.

그런데도 형운의 방어가 무너지지 않는다. 감극도를 극한까지 연마한 형운은 반응 속도에서만큼은 교주를 앞서기 때문이다.

게다가 또 다른 변수도 있었다.

꽈아아아아앙!

충격이 공간을 뒤흔들고, 형운과 교주가 서로 반대편으로 물러났다.

형운은 한 걸음을 물러났을 뿐인데 교주는 세 걸음이나 물러났다.

"하, 하하하하하!"

교주가 순간 멍청한 표정으로 자신의 손을 바라보았다. 그리고 가늘게 떨리는 손을 보며 어이없다는 듯 웃었다.

교주의 내공은 인간의 한계로 일컬어지던 9심 경지를 달성했다. 게다가 지금은 핏속에 잠재된 암익신조의 힘을 일깨웠고, 흑영신의 신위를 강림시키기까지 했기에 9심으로 낼 수 있는 한계 출력을 월등히 웃도는 힘을 발휘하고 있다. 설령 형운의 내공이 10심이라고 하더라도 찍어 누를 자신이 있었다.

그런데 밀렸다.

"…10심이 아니었군. 아무리 일월성신의 기맥이 튼튼하고 진기가 정순하여 동급의 내공보다 빼어난 출력을 자랑한다 하더라도, 10심으로는 이 정도 힘을 낼 수 없어."

"여태 몰랐냐?"

형운이 시큰둥하게 물었다.

교주가 입술을 핥았다.

"이제야 확신했다. 도무지 어떻게 그럴 수 있는지 모르겠으나… 네 내공은 10심을 넘어 11심에 이르렀구나."

"신위가 임한 상태로도 모르겠다니, 흑영신의 지혜도 별거 아니구만."

형운이 그를 비웃었다. 그 비웃음은 단순히 교주의 신경을 긁기 위함이 아니라 진심에서 우러난 것이었다. 왜냐하면 이 상황에서도 교주가 자신의 전력을 모른다는 사실이 좀 우습기까지 했기 때문이다.

그의 몸을 휘감은 광풍혼이 더욱 격렬하게 가속하기 시작했다.

후우우우우우!

그 기세가 너무나 강렬하여 주변 모든 것이 휩쓸린다.

긴 검은 머리칼을 휘날리며 그 광경을 보던 흑영신교주가 양손을 합장했다.

"인간의 한계를 아득히 초월한 내공, 잘 보았다. 그럼 탐색전은 이쯤 하도록 하지."

교주가 흑영기를 일으켜 몸을 휘감았다.

형운이 코웃음을 쳤다.

"흥, 암월령도 그런 식이었지. 하지만 결국 내 손에 쓰러졌어."

"암월령은 내 안에 있다. 어떤 과정을 거쳐 네게 패했는지도 알지. 하지만 그때와는 다르다. 나는 암월령이 아니고……."

일순 교주의 모습이 어둠 속에 녹아드는 것 같더니 다시 원래대로 돌아왔다.

"형운, 지금의 네게는 운룡기가 없다."

인간과 인간의 싸움은 끝났다.

이제 신과 인간의 싸움이 시작된다.

3

끝없이 펼쳐진 어둠 속에서 귀혁과 만마박사는 경세적인 절학들을 아낌없이 써가면서 맞붙었다.

둘 다 걸어 다니는 무학 서고나 다름없는 자들이었다. 한 가지 수법을 격파했다 싶으면 금방 다른 수법이 튀어나오고, 또 그것에 대응하는 새로운 수법이 튀어나왔다. 꼬리에 꼬리를 무는 기술전이 끝날 기미가 보이지 않는다.

—무음(無音)!

만마박사가 격공의 본질에 닿은 기예를 보다 고차원적인 기예로 승화시킨 침투경을 발한다.

—무흔(無痕)!

그러자 귀혁이 비슷한 기술로 받아쳐 상쇄하고는 물 흐르듯이 자연스럽게 추가타를 넣었다.

—백설혼(白雪魂) 한음지(寒陰指)!

진기가 응축된 검지가 만마박사의 공격권을 뚫고 들어왔다. 만마박사의 삼두육비 좌신이 흑영기를 펼쳐 막아냈지만 그 순간 가슴팍에 따끔한 감촉이 느껴진다. 그리고 그 지점으로부터 극도로 응축된 음한지기가 체내로 침투해 들어왔다.

'움직임과 타점이 어긋났다?'

만마박사가 경악했다.

허공섭물이나 의기상인이 아니다. 격공의 기도 아니다.

순수하게 손가락으로 찌르는 지점과 그 동작으로부터 비롯된 기공이 때리는 지점이 어긋난 것이다. 마치 두 지점의 공간이 귀혁에게 겹쳐 있기라도 한 것처럼!

팍!

재차 이어지는 공격을 만마박사가 삼두육비로 막아내는 순간이었다.

―무극감극도(無極感隙道)!

귀혁이 공격과 방어가 접촉하는 그 순간 무극감극도를 펼쳤다.

꽈아아아앙!

그리고 지금까지 이어지는 흐름, 시공간의 연속성에서는 결코 나올 수 없는 어마어마한 위력이 만바박사의 몸통을 박살 냈다.

"커어……!"

회심의 일권을 때려 넣고도 귀혁은 방심하지 않았다.

한순간도 쉬지 않고 따라붙으면서 연타를 넣었다.

투콰콰콰콰콰!

정신없이 두들겨 맞는 만마박사의 육체가 참혹하게 부서져 간다.

―흉신(凶神)!

그러나 그 상황에서도 만마박사가 반격했다. 삼두육비의 우신(右身)이 기공과 술법을 융합, 폭주하는 야생마처럼 격렬한 변화를 일으킨다.

그 공세를 피해 유유히 물러난 귀혁이 말했다.

"이걸로 한 점씩 주고받았다."

"크윽……!"

죽음에 이르는 치명상조차도 신기가 회복시킨다. 순식간에 멀쩡한 모습으로 돌아온 만마박사가 신음했다.

이 싸움이 시작된 후, 처음에는 만마박사가 귀혁을 찍어 눌렀다. 서로 맞받아치는 형태로 귀혁에게 치명상을 입히고, 결정타를 넣으려는 순간 귀혁이 무극회귀로 싸움을 원점으로 되돌렸다.

그리고 다시 시작된 싸움에서 귀혁은 만마박사에게 빚을 갚아준 것이다.

"역시 그 정도 부상에서 부활하려면 신기 소모가 만만치 않군. 그래도 교주 놈이 네놈한테 워낙 많은 신기를 줘서 열 번은 더 할 수 있지 않을까 싶은데… 여벌의 목숨을 그렇게 주렁주렁 달고 다니다니 참 어이가 없구나."

일월성신의 눈으로 파악하고 나니 정말 어이가 없었다.

뒷일을 생각하지 않고 모든 자원을 연소시킨 흑영신교가 확보한 신기는 신화시대에도 저럴 수 있었을까 싶을 정도로 막대한 양이다. 거기에 성운단의 힘으로 자아낸 어둠이 주는 효과가 더해지자 성지에서나 가능할 법한, 죽음조차도 극복하는 기적이 발휘되고 있었다.

"네놈은 몇 번이나 남았는지 궁금하군그래."

살기를 뿜어내는 만마박사를 보며 귀혁이 서늘하게 웃었다.

이미 세 번의 무극회귀를 썼기에 귀혁에게 남은 기회는 앞으로 한 번뿐이다. 하지만 그 사실을 알려줄 이유가 없다.

'역시 만만치 않은 작자로군. 혼마를 비웃을 처지가 못 되겠어.'

무극회귀가 없었다면 귀혁도 한 번은 죽었다.

만마박사가 젊은 시절의 육신을 가졌고 대량의 신기까지 부여받았기에 과거에 싸웠을 때보다 월등히 강하다는 점은 패배를 변명할 요소가 되지 못한다. 만마박사가 치명상조차도 신기로 회복할 수 있다는 점을 이용, 치밀하게 설계한 함정에 빠져 버린 것은 확실한 패착이었다.

그리고 그 사실을 인정한 귀혁은 간만에 제대로 열받았다.

"아까 전의 한 방으로 네놈이 예전의 빚을 이자까지 쳐서 갚은 걸로 해두지. 그런데 그 이자가 좀 지나치게 많았다. 네놈을 완전히 때려눕히기 전까지는 다 돌려줬다고 할 수 없겠구나."

귀혁이 자세를 바꾸었다.

그런데 뭔가 이상했다. 몸의 중심을 앞으로 기울이며 보다 공격적인 자세를 취한 귀혁의 몸 윤곽이 아지랑이처럼 일그러져 보였다.

'저건 뭐지?'

만마박사는 경계심을 최고조로 끌어 올렸다.

지난 30년간 귀혁의 기량이 얼마나 향상되었는지 도무지 끝을 알 수가 없었다. 한차례 허를 찔러서 승리를 거머쥘 뻔했으나 무극회귀라는, 신의 기적에 필적하는 말도 안 되는 절예가 상황을 원점으로 되돌리고 말았다.

'흉왕이야말로 초인(超人).'

확신할 수 있다. 귀혁의 육체 능력은 30년 전보다 떨어졌다. 아무리 그라도 노쇠함을 피하지 못한 것이다.

그런데 종합적인 능력은 확연히 향상되었다는 점이 어처구니가 없다.

아무리 뛰어난 무인이라도 세월 앞에서는 어쩔 도리가 없다고 한다. 시간이 흐를수록 기술적으로 완숙해지지만, 육체가 쇠하면 기술의 완숙함은 부질없어지고 만다. 무공은 육체로 표현되는 것이기에 아무리 뛰어난 기술도 결국은 육체의 한계를 넘을 수 없으니까.

하지만 귀혁은 그 한계를 뛰어넘고 있다. 귀혁의 기술적 향상이 육체적 노쇠를 너무나 크게 뛰어넘기에 종합력이 진일보한 결과를 가져온 것이다.

'분명 그 기술적 진보는 단지 육체와 진기를 다루는 것에 그치지 않았다.'

육체가 노쇠한다는 것은 능력에 결손이 발생한다는 것이다. 육체의 성장이 정점을 찍은 순간부터 인간은 끊임없이 잃는 과정을 밟게 되며, 그것이 바로 노쇠함이다.

귀혁은 노쇠함으로 인한 결손을 다른 무언가로 채웠다.

'저 눈도 그중 하나겠지.'

일월성신의 눈을 재현한 것만이 아니다. 귀혁은 성운을 먹는 자 일맥의 성과로 육체를 개조한 결과, 노쇠로 인한 결손만큼 다른 무언가를 채워 넣었다. 형운을 제자로 맞아들이기 전부터 그래왔고, 형운이 일월성신을 이루어 그 신체의 비밀을 연구할 수 있게 된 후로는 더 많이 그래왔다.

그렇기에 귀혁은 올해로 81세가 되는 지금까지도 무인으로서 더욱 발전하는 과정을 밟을 수 있었다.

"흉왕, 너야말로 진정 인간 세상이 낳은 괴물이구나. 네 제자는 괴물이 만든 괴물이고."

"신이 만든 괴물이 그런 소리를 하느냐?"

귀혁이 코웃음을 치고는 미끄러지듯이 공격해 갔다.

쾅!

만마박사는 삼두육비로 방어와 반격을 동시에 행했다. 아니, 그러려고 했다.

그런데 또다시 귀혁이 때린 지점과 실제 타점이 어긋나는 공격이 그를 때렸다.

'공간왜곡장?'

아니다. 만마박사는 곧바로 그 가설을 부정했다.

퍼억!

격렬한 공방 속에서 또다시 한 번의 공격이 현실과 어긋난 지점을 때린다.

그리고 귀혁이 무극감극도를 펼쳐서 만마박사의 뒤를 잡는 순간…….

―천변만화(千變萬化)!

만마박사가 어둠으로 화했다.

그리고 세계가 눈을 깜빡였다.

일순간 모든 것이 암전했다가 돌아왔다. 주변은 어둠으로 가득했으나, 그런 어둠이 존재한다는 사실조차 시공의 흐름에서 잊혀 버린 듯한 단절이 일어났다.

그리고 마치 그 중간 과정을 생략한 듯한 한순간에 모든 것이 바뀌었다.

콰콰콰콰콰콰……!

수만 갈래로 갈라진 어둠이 공간을 찢어발겼다.

그것은 기공이었고, 술법이었고, 또는 그 둘이 혼재한 무언가였다. 삼라만상을 이루는 물질적인 힘과 영적인 힘이 뒤섞

여서 앞도 뒤도 위도 아래도 없는, 이어짐을 무시하는 불연속
성의 극한으로 펼쳐졌다.

'이건⋯⋯!'

귀혁은 놀람을 금치 못했다.

천변만화는 만마박사가 자랑하는 극의 중 하나다. 운강에
서 일전을 벌였을 때도 이 기술에 저승 구경을 할 뻔했다.

지금도 아슬아슬하게 무극감극도를 펼쳐서 빠져나오지 않
았다면 당해 버리고 말았을 것이다. 그렇게 피했는데도 여러
군데 상처를 입고 말았다.

놀라운 것은 그 과정이다.

천변만화는 심상경의 절예 중에서도 초후적의 무극만상도
와 비슷한 영역에 속해 있다. 아는 자들은 그런 기술들을 '무
극의 경계에 걸쳐 있다'고 일컫는다.

이 영역의 기술들은 심상 세계와 현실 세계의 무너뜨려 자
신의 심상을 세계와 겹쳐둠으로써, 세계 그 자체를 변화시킨
다. 심상경 영역이 아니라 실체 영역에서 변화를 일으키는 것
을 목적으로 하는 것이다.

따라서 무극의 권이나 심검을 받았을 때처럼 일단 맞은 후
에 대응하는 것이 불가능하다. 심상경의 절예이면서도 격투
전이나 기공전과 똑같이 현실의 힘과 속도로 대응해야 한다
는 점이 이 기술을 상대하기 까다롭게 하는 부분이었다.

다만 그 장점만큼 단점도 뚜렷하다. 일반적인 심상경의 절예와는 별개의 인식과 숙련도를 필요로 한다는 점이다.

즉, 이 기술은 만마박사조차도 심즉동으로 발할 수가 없는 기술인 것이다.'

'하지만 신기로 그것을 가능케 한 것이군.'

만마박사는 신기를 활용하는 능력에 있어서는 교주조차 뛰어넘었다. 흑영신의 특성, 흑영기로 사용하는 것에 그치지 않고 신기의 본질을 이용해 불가능을 가능으로 바꾸고 있었다.

진기를 운용해서 상처를 재생하면서 귀혁이 빈정거렸다.

"꽤나 맞찌르기를 좋아하시는군그래."

"안 그러면 네놈을 잡기 힘들거든. 이걸로 네놈이 두 점 땄구나. 나도 힘을 좀 내야겠어."

맞찌르기를 시도했지만 귀혁은 일격을 넣고 무극감극도로 빠져나갔다. 만마박사는 또다시 대량의 신기를 소모해서 상처를 회복해야 했다.

"하지만 이제는 알았다. 오래전에 선대의 팔대호법이 세계 각지의 신비 현상에 대해서 기록한 저서를 읽었지. 그 내용 속에 단서가 있군."

만마박사가 히죽 웃었다.

"가연국의 영신(靈身)."

"아는 게 많은 놈이 눈치까지 빠르니 정말 싫군그래."

"내가 할 소리로구나. 그 나이 처먹었으면 좀 늙은이답게 헉헉거리고 두뇌 회전도 예전만 못하고 그런 맛이 있어야지."

만마박사가 혀를 끌끌 찼다.

귀혁이 보여준 한 수는 가연국의 영신단을 연구한 성과다. 영신단을 연구한 귀혁과 서하령 두 사람 모두 영신(靈身)을 형성하는 데 성공한 것이다.

다만 그 쓰임새는 서로 달랐다.

서하령은 영신을 항상 부담스러웠던 영수의 힘을 제대로 발휘하기 위한 토대로 활용했다.

그에 비해 귀혁은 영신을 무공과 융합, 필요한 정보를 저장해서 시공간의 연속성을 초월해 구현하는 도구로 만들었다.

그 최고 성과가 바로 무극회귀였다.

귀혁의 기억 능력과 별개로 영신에 '만전의 상태'라는 정보가 꼼꼼하게 각인되어 있었다. 그렇기에 죽음에 가까운 부상조차도 즉시 회복할 수 있는 것이다.

그리고 지금 만마박사와의 공방에서 보여준 것은 영신과 감극도 무심반사경의 융합이다.

귀혁이 특정한 행동을 하면 거기에 맞추어서 영신에 저장해 둔 대응 행동이 구현된다. 정보와 기의 저장량이 한정되기는 하지만 마치 무극감극도처럼 기술을 발하기 위한 중간 과정을 생략한 채 결과만을 만들어내는 것이다.

"심상경이 아닌 것으로 심상경에서나 가능할 법한 결과를 만들어내다니… 정녕 괴물이라고밖에는 할 말이 없군."

그렇게 말하는 만마박사의 모습이 변하기 시작했다. 적어도 두 번의 부활을 이룰 수 있는 대량의 신기가 소모되면서 그의 모습이 인간이 아니라 어둠으로 이루어진 윤곽 그 자체로 변해갔다.

강신(降神)이었다.

"결국 힘으로 찍어 누를 수밖에 없다니, 비참한 심정이로다."

만마박사는 진심으로 패배감을 드러냈다. 죽음 이후 30년 동안의 결락이 자신과 귀혁 사이에 도저히 좁힐 수 없는 격차를 만들어냈음을 인정한 것이다.

하지만 그것은 무인으로서의 마음이다. 팔대호법의 일원으로서 그는 개인의 감정을 초월하여 사명을 다해야 했다.

다시금 공방이 시작되었다.

콰콰콰콰콰콰!

만마박사가 한층 더 격상된 힘과 속도로 귀혁을 몰아붙였다.

본래부터 흑영신교 최고의 달인이었던 그에게 더 압도적

인 힘과 속도가 더해지자 그 상승효과는 균형을 무너뜨리기에 충분했다.

―삼극흑암(三極黑暗)!

어둠이 해일처럼 폭발했다.

"큭……!"

도저히 피할 수 없는 국면에서 터진 일격이었다. 하지만 귀혁은 무극감극도로 빠져나갔다.

꽈광! 꽈과과과광!

그리고 만마박사가 무극지경의 어둠을 소나기처럼 쏘아대면서 따라붙었다.

"정말이지 지긋지긋하군!"

귀혁이 넌더리를 냈다.

한계를 초월하여 10심 내공을 이루었음에도 힘으로 압도당하는 상황이다. 신화적 존재와의 싸움은 늘 이런 식이었다.

"알고 있겠지? 이곳에서 천단멸쇄진(天斷滅碎陣)은 통하지 않는다!"

"신기로 떡칠한 놈한테는 쓸 생각도 없었다."

만마박사의 말에 귀혁이 시큰둥하게 받아쳤다.

대규모 화력을 자랑하는 적을 상대하기 위한 귀혁의 비기, 천단멸쇄진은 이 공간에서는 통용되지 않는다.

재창세의 심장부가 된 성혼좌에서는 만상붕괴의 효과가

경미해지는 것을 확인했고, 무엇보다 신기 만상붕괴 속에서도 그 형체를 잃지 않는다. 신기로 일으킨 현상이라면 모를까 흑영기로 활용하고 있는 한 천단멸쇄진으로 봉할 수가 없는 것이다.

─중압진(重壓陣) 극압타(極壓打)!

공방 중에 귀혁이 내민 일격이 만마박사의 몸통을 때린다.

밀려나는 만마박사에게 귀혁이 접근하는 순간, 만마박사가 만들어낸 두 개의 분신이 등 뒤를 강습했다.

퍼어엉!

자폭하는 분신들을 피해 상승하자 만마박사가 집요하게 따라붙으며 소나기처럼 연격을 날려대었다.

'끝없이 몰아붙일 셈인가!'

귀혁은 몰랐지만 만마박사는 한서우와 싸웠을 때 겪은 어려움을 고스란히 흉내 내고 있었다.

강신으로 인해 신체 능력과 기공, 술법까지 모든 출력이 폭증한 상태로 몰아붙이자 천하의 귀혁조차도 방어에 급급할 수밖에 없었다. 게다가 만마박사에게는 근접 공방에서 절대적인 유리함을 제공하는 흑영기가 있지 않은가.

투학!

그럼에도 귀혁은 바늘 같은 틈을 찔러서 만마박사에게 출혈을 강요한다.

'터무니없는 놈!'

또다시 치명상을 입은 만마박사는 무인으로서 귀혁에게 경외감을 느낄 지경이었다.

"죽은 동안 지난 세월을 이토록 아쉬워하게 될 줄이야, 허허허. 이 또한 미혹인가."

세 번째 치명상을 회복한 만마박사가 탄식했다.

하지만 귀혁도 멀쩡하지는 않았다. 완전히 수세를 강요받는 격전 속에서 크고 작은 상처를 입은 데다 심신 모두가 크나큰 부담을 강요받았다.

그때였다.

어둠 저편에서 번뜩인 섬광이 귀혁을 가르고 지나갔다.

"뭐야?"

만마박사가 깜짝 놀랐다.

저 섬광은 심검(心劍)이다.

하지만 그가 발한 게 아니었고 흑영신교주가 발한 것도 아니었다.

'선풍권룡이 왜?'

어둠 저편에서 교주와 싸우고 있는 형운이 날린 것이었다.

이 어둠은 형운과 귀혁의 전장을 격리시켰다. 두 사람은 서로에게 일어나는 일을 알 수 없었고, 연락을 취할 수도 없었다. 그런 상황에서 뜬금없이 심검으로 아군을 치니 당황스러울 수밖에.

"…그렇군."

그러나 심검을 무극의 권으로 흘려 넘긴 귀혁은 쓴웃음을 짓고 있었다.

"그래. 너무 많이 뒤처진 채로 출발했지. 도박은 피할 수 없는 것이었을지도 모르겠군. 이 싸움을 이기지 못하면 뒷일을 생각해 봤자 의미가 없으니."

만마박사는 그 중얼거림에서 한 가지 사실을 추측할 수 있었다.

'심검을 서로 연락을 취하기 위한 수단으로 썼단 말인가? 왜 그런 짓을?'

그 역시 심상경의 절예를 목적을 달성하기 위한 수단으로 삼는 경지에 도달한 자다. 하지만 이 정도로 하잘것없는 쓰임새는 생각도 못 했다.

귀혁이 일월성신의 눈을 빛내며 말했다.

"만마박사, 이제 입장을 바꿔야겠다."

"무슨 소리를 하는지 모르겠군."

귀혁은 더 설명하는 대신 쓰게 웃을 뿐이었다.

쿠우우웅!

그리고 한 줄기 투명한 섬광이 어둠을 가르며 날아와 귀혁에게 꽂혔다.

동시에 귀혁의 주변이 흔들렸다. 어둠이 밀려나면서 성혼좌의 황량한 풍경이 드러난다.

"성운단의 힘?"

그에게 강신한 흑영신의 신위가 알려주고 있었다. 저것이 성운단의 힘으로 일으킨 변화라는 것을!

"내 제자는 우리 성운을 먹는 자 일맥이 완성한 걸작이지. 우리 일맥이 5대에 걸쳐 쌓아 올린 성과를 뛰어넘었어."

형운이 받아낸 성운단의 힘이 귀혁과 연결되어서 그에게 자신의 뜻대로 현실을 결정할 권능을 부여했다.

"그러나 비록 미완이기는 해도 나 또한 성운을 먹는 자에 도전했던 자. 그리고 제자를 잘 둔 덕에 예전에 실패했을 때보다 그릇으로서의 완성도가 현격히 높아졌지."

귀혁의 눈이 빛났다. 어둠이 흩어지면서 대신 이 자리에 있을 수 없는 신령한 기운이 나타났다.

"자, 이제 알겠느냐? 입장이 바뀌었다는 것을?"

귀혁이 만마박사를 거세게 몰아치기 시작했다.

제205장
성운을 먹는 자

성운을
먹는자

1

혹영신교주는 인간으로서 형운과 싸우는 데 집착하지 않았다.

아마 굳이 신기를 동원하지 않아도 해볼 만한 승부였으리라. 죽어간 팔대호법과 융합한 혹영신교주의 능력은 그야말로 신에 가까워졌으니까.

그러나 이 자리는 개인의 숙원보다 확실한 승리가 중요했다. 그렇기에 혹영신교주는 무인으로서 지금 발휘할 수 있는 전력으로 형운을 쳤다.

그 결과는 놀라웠다.

"젠장!"

형운이 신음했다.

사방팔방에서 공격이 몰아치고 있었다. 무극지경의 어둠이 머리가 여럿 달린 용처럼 맹습해 오는 가운데 온갖 술법들이 폭발했다.

형운은 빙백무극지경과 뇌령무극지경의 권능으로 그에 맞섰다.

눈폭풍 속에서 무수한 얼음여우들이 춤추며 어둠에 맞섰다.

꽈과과광!

그리고 시퍼런 뇌광이 종횡무진 내달리면서 술법을 격추시킨다.

'믿어지지 않는군.'

흑영신교주가 낮게 신음했다.

빙백무극지경과 뇌령무극지경이라는, 하나만 가져도 대영수라 불릴 권능을 두 개나 가졌다는 것만으로도 놀라운 일이다. 그런데 질적으로만이 아니라 규모적으로도 인간의 한계를 아득히 뛰어넘었다.

─무극설원경(無極雪源境)!

또한 권능 다툼에서 밀린다 싶으면 어김없이 무너진 균형을 되돌리는 한 수가 터져 나온다. 극음지기의 영역이 쪼그라

들었다 싶으면 무극설원경을 발하는데 벌써 두 번째다.

'성지에서 쓴 것까지 합치면 다섯 번째. 인간이 이런 힘을 비축할 수 있단 말인가?'

무극설원경 한 번에 발하는 힘만 해도 대영수의 전력에 필적한다. 그런 힘을 다섯 번이나 발하다니 그것만으로도 이미 신격에 필적하는 권능이다.

게다가 지금까지 한 번도 보여주지 않았던 비장의 패가 또 있었다.

—무극뇌원경(無極雷源境)!

일순간 형운을 중심으로 어마어마한 뇌격이 폭발했다.

모든 것을 찢어발길 듯 날뛰는 뇌전은, 기이하게도 빙백무극지경의 영역에 아무런 영향도 주지 않은 채로 확장된다. 그리고 반경 수백 장 공간을 종횡무진 질주하며 어둠과 교주의 술법을 찢어발긴다.

'이 또한 동급 아닌가?'

무극뇌원경 또한 무극설원경과 동급 규모의 기술이었다.

'분명 별의 수호자가 만들어낸 천공지체는 이론적으로는 무한의 내공을 구현할 수 있다. 하지만 현실적으로는 그렇지 못하지.'

강연진과 오연서도 전술적인 국면에 한정하면 거의 무한에 가까운 내공을 자랑했다. 그들은 비전투 상황에서 충분한 시간이 주어지기만 하면 얼마든지 내공을 비축할 수 있었으니까.

하지만 그들은 뚜렷한 현실적 한계에 갇혀 있었다. 7심 내공을 뛰어넘는 출력을 발할 수도 없었고, 본신 진기가 아닌 한 정화해서 쓰기까지 시간이 걸렸다.

형운은 그들과는 비교를 불허하는 힘을 보여주고 있다.

본신 진기는 굳이 비축된 것을 꺼내지조차 않는다. 자신의 그릇 안에 담긴 것만으로 싸우고 있는데도 충분했으니까.

그리고 극음지기와 뇌기, 자연현상 중에서도 극단으로 치우친 두 기운을 끝없이 비축하고 있는 것이다.

'이건 말이 안 돼. 저런 존재는 있을 수 없다. 신격이 아니고서는⋯⋯.'

말이 안 되는데, 실제로 존재하고 있었다.

암천령이 공포를 느낀 것도 이해가 간다. 암천령이 본 것만으로도 형운은 끝을 알 수 없는 괴물이었다. 그런데 심지어 수중의 패를 다 보여준 것도 아니었다니!

실소하는 교주 앞에 갑자기 빛의 구체가 나타났다.

―운화(雲化) 광풍노격(狂風怒擊)!

산조차 부술 거력이 폭발했다.

공간을 뛰어넘어 구현된 기습이었지만 폭발을 뚫고 솟구치는 교주는 터럭만큼도 상하지 않은 상태다. 흑영기로 몸을 감싸 방어했기 때문이다.

그 앞에 형운이 나타났다. 동시에 검의 형태로 벼려진 불괴의 얼음이 날아들었다.

그리고 교주가 그것을 흑영기로 막아내는 순간, 형운의 일권이 다른 지점을 노리고 꽂힌다.

꽈아아아앙!

한순간에 최고 속도에 도달하는 초가속이었다. 형운은 무극감극도로 최고의 일권을 발할 준비를 갖추었던 것이다.

흑영기로 방어되지 않는 지점을 정확히 찌르는 일권이었다. 교주는 아슬아슬하게 그 공격을 막아냈지만…….

"놀랍다 못해… 어이가 없군."

받아낸 오른팔이 버텨내지 못했다. 근육이 터져 나가고 뼈가 바스러져 버린 것이 아닌가?

하지만 흑영신교주는 웃고 있었고, 형운의 표정은 굳어 있었다.

'저 정도로 끝나다니.'

완전히 팔을 박살 내고 몸통에 치명상을 입혔어야 할 일권이다. 그런데 팔 하나를 박살 내는 데 그친 데다, 흑영신교주는 신기로 그 부상을 순식간에 회복해 버린다.

"경탄스러운 일권이었다. 그러나 삼극존체(三極存體)에 사각은 없으니."

지금의 교주는 현계에만 존재하는 것이 아니었다. 현계와 마계, 그리고 그 경계에 동시에 걸쳐 있었다.

교주의 몸은 하나이건만 세 개의 세계에, 동일한 위치에 겹쳐 있는 것이다.

그 결과 현계에서 받는 타격은 3분의 1로 분산된다.

그에 비해 마계에서 받는 흑영신의 가호가 현계로 이어지면서 공격의 위력은 현격하게 증폭된다.

예전에 교주가 귀혁과 싸웠을 때 선보인 술법이었다.

사실 삼극존체는 술법의 형태를 띠고 있기는 하지만 그 실체는 흑영신교주에게만 허락되는 권능이다. 그렇기에 흑영신교의 걸어 다니는 비술서고라 불리는 만마박사조차도 흉내 낼 수 없었다.

이 술법이 없었다면 방금 전 형운의 일권은 교주에게 치명상을 입혔으리라.

"이쯤 되니 궁금해지는구나. 과연 형운, 네 힘은 정말로 무한한 것이냐?"

교주가 섬전처럼 빠르게 공세를 퍼부었다.

형운이 정신없이 방어하며 밀린다.

교주는 반응 속도를 제외한 모든 부분에서 형운보다 빠르다.

인식이 빠르다. 판단이 빠르다. 진기 운용이 빠르다. 행동마저도 빠르다.

'그게 문제가 아니야.'

형운이 이를 악물었다.

진짜 문제는 신체 능력의 차이가 아니다.

기술의 차이였다.

팍!

아슬아슬했다.

형운의 반응을 연이어 유도하고, 무심반사경까지 유도해 낸 뒤 급격한 완급 조절로 찔러온 공격은 너무나 날카로웠다. 형운은 운화 감극도로 겨우 막아낼 수 있었다.

교주의 기술이 너무나 뛰어나다.

기술 하나하나의 완성도는 수련치가 깊은 형운이 더 앞선 다. 그러나 교주의 기술은 경이로울 정도로 다양했다.

이 싸움이 시작된 이래로 교주는 단 한 번도 겹치지 않을 정도로 다채로운 기술들의 조합으로 형운을 몰아붙였다.

물론 모든 기술이 다 새로운 것은 아니다. 하지만 자신이 지닌 패들을 조합해서 신선한 결과물을 만들어내는 감각이 너무나도 뛰어났다.

파직……!

형운의 머리 주변에서 연달아 파문이 일었다.

격투전과 달리 기공전은 교주가 완전히 압도하고 있었다.

기공과 술법의 융합만으로도 따라가기 벅찬데 흑영기가 더해지니 일방적으로 난타당하는 꼴이었다.

쉬익!

결국 교주의 주먹이 형운의 방어를 뚫었다. 운화감극도로 막고 반격하는 흐름을 거슬러 올라간 그 공격을, 형운은 아슬아슬하게 고개를 젖혀서 피했고…….

투학!

교주의 하단차기가 형운의 허벅지에 작렬했다.

쫭!

십자로 교차되는 형운의 팔 위를 교주의 일장이 때렸다.

"크억……!"

형운이 울컥 피를 토했다.

진기 운용이 따라가지 못해서 힘이 부족한 상태로 공격을 받았기 때문이다. 정타를 맞지 않았지만 확실히 타격이 왔다.

―무극감극도(無極感隙道)!

위기의 순간, 형운은 무극감극도로 역습을 가해서 교주를 뿌리쳤다.

"후후. 결국 바닥을 보이는구나."

그러나 결정적인 기회를 놓쳤으면서도 교주는 회심의 미소를 지었다.

그의 한마디가 형운의 가슴에 통렬하게 꽂혔다.

방금 전의 공방에서 형운의 바닥이 드러났다. 비장의 패인 무극감극도를 공격이 아니라 더 이상 아무것도 할 수 없는 궁지를 모면하기 위해 소모하고 만 것이다.

"하지만 정말 경이롭군. 스승이나 제자나 패배감을 느끼게 만들다니."

교주의 표정이 싸늘하게 식었다.

인간으로서 싸웠다면 형운을 상대로 승산을 장담할 수 없었음을 알았기 때문이다. 형운의 힘은 흑영신교가 예상한 수준을 아득히 뛰어넘고 있었다.

"이제는 내공이 11심이 맞는지조차 모르겠군. 12심, 13심이라는 경지를 개척했다고 해도 믿을 수 있겠어."

그들이 추측한 10심 수준을 뛰어넘었기에 11심이라 상정했다. 그런데 형운이 보여주는 힘은 아무리 봐도 그 이상인 것 같았다.

"이론상으로도 가늠이 안 되는 경지. 적어도 너는 육신의 완성도와 내공에 한해서는 이 시대를 아득히 뛰어넘었다."

그러면서도 인간의 운명을 지녔다는 것이 믿어지지 않는다. 신이 설계한 운명의 그릇 위에 흑영신교의 모든 것을 집대성한 교주조차도 저 수준에 이르지 못했거늘.

"하지만 여기까지다. 결국 너는 쓰러질 것이다. 그리고 세상은 올바른 형태로 재편된다."

교주가 격전 중에 차분히 완성한 대술법을 발했다.

―구두흑룡전무(九頭黑龍戰舞)!

어둠 속에서 마기가 폭풍처럼 휘몰아쳤다.

구구구구구구구구!

천지가 진동하며 형운의 주변에서 거대한 아홉 용의 머리가 일어나기 시작했다.

'이 술법을 혼자 힘으로 완성하다니!'

형운이 경악했다.

흑영신교의 성지에서 암천령이 선보였던 궁극의 대술법이다. 암천령이 이 술법을 발할 수 있었던 것은 사전에 장대한 의식을 통해 시설에 저장해 두었기 때문이다. 그런데 교주는 혼자 힘으로 완성한 것이다.

"성지에서는 상처 하나 없이 격파했던 모양이더군. 이번에도 같은 재주를 보여주겠느냐?"

교주가 형운을 조롱했다.

흑룡의 머리는 하나하나가 대마수나 마찬가지다. 한 번 공격을 발할 때마다 스러질 운명이기는 하지만 과연 천하가 넓다 한들 대마수가 전력을 다하는 아홉 번의 공격을 받아낼 자가 존재하겠는가?

성지에서는 형운에게 이현의 유산인 봉인궤나 파산검이 있었기에 쉽사리 격파해 낸 것이다. 하지만 지금의 형운에게는 더 이상 그 신묘한 기물들이 없다.

그오오오오오!

흑룡의 아홉 머리가 포효하자 세상 전부가 뒤흔들리는 듯했다. 그리고 형운을 완벽하게 포위한 그들이 빠져나갈 길 없는 권능의 해일을 발했다.

형운은 길게 생각하지 않았다.

—무극설원경(無極雪源境)!

자신이 발할 수 있는 최대 규모의 일격으로 첫 번째 머리의 공격을 상쇄한다.

—무극감극도(無極感隙道) 백호노격(白狐怒擊)!

그리고 폭발하는 힘의 잔재를 무극감극도로 압축, 최대 출력으로 순백의 기공파를 발했다. 그로써 두 번째 머리의 공격이 상쇄되었다.

—무극뇌원경(無極雷源境)!

뇌룡이 질주하며 세 번째 머리의 공격을 상쇄한다. 그렇게 한 방향에 구멍을 뚫은 형운이 운화로 빠져나오는 순간…….

"구멍을 뚫고 그곳으로 탈출한다. 궁지에 몰리니 사고가 단순해진 것 같구나."

교주가 흑영기로 형성한 장벽이 형운을 붙잡았다.

'이런!'

섬뜩함을 느낀 형운은 무극감극도로 빠져나가려고 했다.

그러나 그 결단보다도 몸이 움직이는 것이 빨랐다.

투학!

먹이를 노리는 매처럼 위에서 날아든 교주의 공격에 감극도 무심반사경이 반응한 것이다.

'아.'

그리고 형운은 자신이 완벽하게 함정에 걸렸음을 깨달았다.

그와 몸을 맞댄 교주의 손에는 초고밀도로 농축된 어둠의 구슬이 들려 있었다.

"맞찌르기는 내 취향이 아니지만, 네가 상대라면 이 정도 에우는 해줘야겠지."

싸늘하게 웃는 교주의 손아귀에서 어둠이 폭발했다.

─삼극흑암(三極黑暗)!

어둠이 해일처럼 폭발했다.

콰과과과과······!

교주가 형운과 접촉한 채로 삼극흑암을 터뜨린 것이다.

"크악······!"

형운은 그 찰나에 무극감극도를 발해서 회피했지만 한발 늦었다. 삼극흑암의 폭발을 몸으로 받은 직후에 무극감극도를 발해서 이미 피투성이가 된 후였고······.

"그곳이 네가 죽을 장소다, 형운."

무극감극도로 기화했다가 육화한 지점에서는 구두흑룡전무가 날뛰고 있었다.

제아무리 형운이라도 빠져나갈 길이 없다. 천지를 뒤흔드는 어둠의 폭발을 굽어보며 교주가 고했다.

"편안히 잠들라, 어리석은 나의 숙적이여."

피투성이가 된 채로 미소 짓던 교주는 문득 폭발하는 어둠의 틈새로 빛이 번쩍이는 것을 보았다.

'심검(心劍)?'

그리고…….

쿠우우우웅!

한 줄기 투명한 섬광이 어둠을 가르며 쏘아져 가더니 성혼좌가 뒤흔들렸다.

'뭐지?'

교주는 그것이 성운단으로부터 자신과 형운에게 이어진 실과 같음을 알고 당혹감을 느꼈다.

우우우우우우!

하지만 진짜로 놀랄 일은 이제부터였다.

거짓말 같은 광경이 펼쳐졌다. 천지를 진동시키며 폭발하던 어둠이 물에 씻긴 듯이 지워져 가는 것이 아닌가?

마치 시공을 지배하는 초월적인 힘이 그 현상이 일어났다는 사실 자체를 지워 버리는 것만 같은 비현실적인 풍경이었다.

그리고 어둠이 걷히고 드러난 성혼좌의 황량한 풍경 속에 형운이 눈을 감고 서 있었다.

"형운, 자기가 무슨 짓을 하는지 알고 있는 것이냐?"

흑영신교주는 즉시 무슨 일이 일어났는지 알아차렸다.

형운이 쓴웃음을 지었다.

"그래, 안다. 하지만 어쩔 수가 없군."

서서히 눈을 뜬 형운이 교주와 시선을 마주했다.

"위험성이 큰 도박이지. 하지만 확실한 패배보다는 낫다."

"구원을 방해하는 것으로도 모자라서 파멸을 부르겠단 말이냐!"

이 싸움이 시작된 이래 처음으로 교주가 자제심을 잃고 격노했다. 그 정도로 그에게 있어서 형운의 선택은 용서할 수 없는 것이었다.

형운이 성운단의 힘을 전투 자원으로 쓰기 시작했다.

성운단의 힘은 결코 무한하지 않다. 이론적으로 성운단에 내포된 기의 총량은 지금의 현계를 이루는 기의 총량과 동일하다.

교주가 가늠한 바로는 그가 성운단을 독점할 경우 세상을 흑영신교의 낙원으로 바꾸기 위해서는 성운단의 절반조차 필요하지 않다.

하지만 형운이 끼어들면서 예측할 수 없는 변수가 발생했다.

형운이 가져다 쓰는 힘만 해도 엄청난데 그가 일으킨 변화를 수정하기 위해서 또 많은 힘을 소모하게 되는 것이다.

그런데 이런 상황에서 형운이 세상을 변화시키기 위해서가 아니라 이 싸움에서 이기기 위해 성운단의 자원을 쓰기 시작했다.

이렇게 되면 최악의 경우 흑영신교주는 형운을 쓰러뜨린다 하더라도 뜻을 이루지 못할 수도 있었다.

흑영신교의 낙원을 완성하기 전에 성운단의 힘이 다 소진되어 버린다면, 그래서 미완성인 채로 변화가 끝나 버린다면……

'그것은 곧 인류의 파멸이다.'

감당할 수 없는 혼돈이 세상을 휩쓸 것이다.

인간을 구원할 어둠은 인간을 파멸시키는 도구가 되고 말리라.

온 세상이 열기가 사라진 혹한의 땅으로 화하고, 불빛 없는 어둠은 인간의 생존을 위협할 터.

또한 현계와 마계의 경계가 옅어졌으니 흑영신의 통제 밖에 있는 괴물들이 현계에 나타나 날뛸 것이다.

이런 상황이면 인류는 파멸을 피할 수 없다.

"패하느니 차라리 인류를 멸하겠다고 나설 줄이야. 역시 인간은 욕망을 이루기 위해서는 끝없이 사악해질 수 있는 존재로구나."

"네놈들이 사악함을 논하다니 그야말로 적반하장이로군. 걱정하지 마라. 설령 내 선택이 파멸을 부르게 된다고 할지라도……."

문득 형운의 눈빛에 스쳐 간 감정을 본 교주는 의아함을 느꼈다.

'두려워하고 있는가? 대체 무엇을?'

형운은 두려워하고 있었다. 그러나 그 대상은 교주가 아닌 다른 무언가였다.

이제 와서 적인 교주에게 패하는 상황 말고 무엇을 두려워하는 것인가?

형운은 그 감정을 떨쳐내듯 결연한 표정을 지으며 말했다.

"…그 책임은 나의 몫이 될 것이다."

"하잘것없는 인간 하나가 인류의 파멸을 어찌 책임질 수 있단 말이냐? 네놈이 백억 번 고쳐 죽어도 그럴 수 없을 것을."

"그건 네가 걱정할 일이 아니야."

형운이 서서히 하늘로 떠오르며 말했다.

"어차피 네놈들이 끝장난 후의 일이니까."

2

성운단의 힘은 현실을 뜻대로 결정하는 힘이다.

이런 설명을 들으면 언뜻 그 힘을 만능으로 여기기 쉽다. 그러나 그 힘은 치명적인 위험성을 내포한 양날의 검이다.

뚜렷한 심상과 의지가 없이 그 힘을 휘두르려고 하면 혼돈과 파멸을 부를 뿐.

그렇기에 준비된 자만이 성운을 먹는 자가 될 수 있는 것이다. 즉흥적인 발상과 감각으로 이 힘을 다루는 것은 곧 파멸의 구렁텅이로 뛰어내리는 것과 같은 짓이다.

본래 인간이 품은 의념의 불확실성은 현실이 강요하는 한계 속에 갇히게 되는 법. 인간이 아무리 제대로 생각하지 않고 행동하더라도 결국은 육신의 한계를 넘은 혼돈을 일으킬 수 없는 것이다.

그러나 성운단의 힘은 그 한계를 간단히 무너뜨린다.

따라서 이 힘을 전투에 쓴다는 것은, 어떤 식으로 활용할지에 대한 심상이 완벽하게 준비되어 있어야 한다는 뜻이다. 성운단의 힘은 전능에 가깝기에 오히려 성향이 뚜렷한 신격의 신기보다 제대로 활용하기 어려웠다.

"이 상황마저도 철저하게 준비해 왔단 말이냐."

흑영신교주가 이를 갈았다.

형운이 부상을 회복한 것은 귀혁처럼 무극회귀를 쓴 결과가 아니다. 그렇다고 성운단의 힘으로 회복한 것도 아니다.

"신기(神氣)를 창조하다니!"

형운의 주변에 백색 운무의 형태를 띤 신령한 기운이 꿈틀거리고 있었다.

신수 운룡의 신기, 운룡기(雲龍氣)였다.

'창조했다기보다는 재현하고 있는 것이다.'

흑영신의 지혜가 교주에게 답을 속삭였다.

형운은 이미 존재했던 과거의 시공을 재현하는 것으로 저 힘을 얻고 있다. 즉, 형운에게 운룡기를 다루었던 경험이 없었다면 저런 일은 불가능한 것이다.

'이 또한 하늘이 내리는 시련인가.'

흑영신교에게는 가혹한 시련이다. 형운은 그들을 힘들게 할 모든 것을 갖춘 운명의 대적자였다.

형운이 말했다.

"네가 그랬지. 내게는 운룡기가 없다고. 하지만 이제는 있다."

"진부한 세계를 꿈꾸는 자답게 빈약한 상상력을 자랑하는구나. 그래, 어디 가증스러운 운룡의 힘이 네게 승기를 가져다줄 수 있을지 시험해 보아라."

말은 호기로웠지만 교주는 극도로 긴장하고 있었다. 암월령의 기억을 지녔기에 형운이 운룡기를 가졌다는 것이 어떤 의미인지 잘 알았으니까.

'위험성을 도외시하는 것은 아니군. 대량으로 생성하지는 않고 있어.'

형운은 흑영신교주가 지닌 신기에 맞서겠다고 막대한 운룡기를 만들어내는 우를 범하지 않았다. 전투에 쓰기 충분할 정도의 양만을 지속적으로 생산하고 있을 뿐이다.

'하지만 뭔가 이상하다.'

형운이 일으키는 변화는 운룡기의 생성에 그치지 않는다.

흑영신교주가 일으키는 '흑영신교의 낙원'이라는 변화에 맞서 '성운단의 자원을 지닌 진부한 세계'라는 변화를 일으키는 작업이 멈추지는 않았다. 그런데 그 힘이 이상할 정도로 약해졌다.

'흉왕이 이 힘을 공유하고 있어서만은 아닐 터. 흉왕에게 나누어주는 힘은 본인이 소화해 내는 것에 비하면 고작 10분의 1 정도의 소량에 불과해.'

형운과 연결된 귀혁 역시 성운단의 힘을 전투 자원으로 쓰기 시작했다. 그 역시 과거 진야 사건 때 운룡족에게 운룡기를 나누어 받았던 경험이 생생한 기억으로 남았기에 그런 일이 가능했다.

'그럼 대체 뭐지?'

교주는 이 문제가 너무나 불길하게 느껴졌다. 그래서 위험을 감수하고 강수를 두기로 했다.

신의 눈으로 형운을 들여다본 것이다.

'……!'

순간 아찔한 감각이 덮쳐왔다.

무한한 공허가 있다. 공허 속에서 끝없이 변화하는 운무가 있다. 운무 속에서 명멸하는 무수한 별들이 있다.

그것은 모든 것이다. 그리고 아직은 아무것도 아니다.

"으윽……!"

교주가 비틀거렸다.

그러자 형운이 그를 비웃었다.

"유치한 수작이군. 일방적인 경험밖에 없다는 티를 그렇게 내야겠냐?"

일월성신의 눈을 지닌 형운에게 있어서 상대가 나를 보면 나 또한 상대를 보는 경험은 익숙한 것이다.

그리고 그 경험은 설산의 왕 성하와의 일전으로 보다 높은 경지로 승화되었다.

단지 자신을 탐색하려는 자를 역으로 탐색하는 데 지나지 않고 전투적인 활용을 고심하게 된 것이다. 형운과 귀혁은 수도 없이 서로를 들여다보면서 이에 대해 연구했고, 이제는 상대에게 '무엇을' 보여줄지까지 결정할 수 있게 되었다.

'괴물 같은 놈들! 사각이 없단 말인가?'

교주는 형운의 내면을 들여다봐서 답을 구하는 것을 포기했다. 그가 본 것은 형운이 인식하는 성운단의 본질뿐, 원하는 정보는 전혀 얻지 못한 채로 형운에게 자신의 정보를 줬을 뿐이다.

직접 읽어낼 수 없다면 추측하는 수밖에 없다.

'왜지? 두 가지 작업을 동시에 하는 것이 버거워서인가?'

그럴 가능성이 높았다. 교주가 체감하기로 성운단의 힘을 이용해서 하나의 심상을 구현하는 것만으로도 대단히 어려운 일이다. 신기가 그를 가호하지 않았다면 불가능할 정도로.

아무리 형운이 교주보다 뛰어난 그릇이고, 미리 이런 상황을 준비해 왔다 하더라도 그 일이 쉽지는 않을 터.

결론을 내린 교주가 만마박사를 응원했다.

─만마박사, 버텨다오.

─무덤에서 일어난 늙은이를 너무 혹사시키시는구먼. 내 이 일에 대한 상을 톡톡히 기대할 것이오.

급박한 상황에서도 농이 섞인 만마박사의 대답에 교주는 자기도 모르게 미소 지었다.

'고맙다.'

교주는 마음속으로 만마박사에게 감사했다.

그에게는 아무리 감사해도 부족하다. 만마박사가 아니었다면 이 자리까지 올 수 없었을 것이다. 신성한 의무를 다한 그가 흑암정토에서 누리던 궁극의 평안을 포기하고 연옥에서 함께 고난을 겪어주었기에 이 순간을 맞이할 수 있었다.

'그대에게 보답할 길은 하나뿐. 구원을 이루어내고야 말 것이다.'

교주는 어둠을 몰아내는 형운에게 다가갔다.

형운이 물었다.

"힘으로 찍어 누르는 건 포기했나?"

"조금 전까지는 효율적이었지만 이제는 비효율적이지. 쓸 모없어진 전법에 집착하는 어리석음은 범하지 않는다."

전투는 살아 있는 생물과 같다. 상황은 시시각각 변하기에 똑같은 답이 그때는 맞고 지금은 틀리는 경우는 흔해 빠졌다.

"암월령에게 했던 말을 돌려주지. 네가 암월령과 싸워준 것은, 내게는 너와 싸우기 위한 좋은 연습이 되어주었다."

"너를 보면서 예전과는 달라졌다고 생각했지. 여러 가지가 섞여 있는 느낌이었어. 혼원의 마수와도 닮았지만 그보다는 마치 여러 사람이 나를 보고 있는 느낌이 들었다."

문득 형운의 표정이 묘해졌다.

"왜 그런 느낌이 들었는지 이제야 알겠다. 네가 했던 말은 사실을 이야기한 거였어. 정말로 네 안에 암월령이 있군."

운룡기로 인해 인식이 보다 고차원적인 영역으로 확장된 지금은 알 수 있었다. 교주는 형운이 알던 교주가 아니다. 암월령을 비롯한 여러 존재가 교주의 자아를 중심으로 통합되어 탄생한 무언가다.

"그렇다. 대의를 위해 존귀한 목숨을 희생한 팔대호법이 내 안에 모여 있느니라. 나는 그들의 계승자이며 또한 대변자다."

교주 안에 그들의 무공이 있다. 술법이 있다. 경험이 있다.

그리고 대의를 위해 목숨을 바쳤던 숭고한 마음이 있다.

"욕망이 패배하고 모든 것이 영원히 평안한 세상을 이룰 것이다. 그로써 이 고결한 마음은 의미를 다하리라!"

교주의 눈에서 흉흉한 의지가 타올랐다. 그 눈을 마주한 형운이 탄식했다.

"…신기한 일이야."

"무슨 말을 하고 싶으냐?"

"목숨을 불태워 운명과 맞서고자 하는 신념이 이리도 추악할 수 있다니……."

옳다고 믿는 것을 위해서라면 목숨조차 버릴 수 있는 의지.

사람들은 그것을 신념이라 한다. 눈부시고 아름다운 마음이라 한다.

하지만 지금 흑영신교주가 보이는 신념은 형운의 눈에는 독선으로 온 세상에 폭거를 저지르는 광기로 보일 뿐이다.

흑영신교주가 고개를 저었다.

"어리석고 어리석구나. 죽고 나서도 어리석을지어다."

"그래. 너희들의 신념은 진짜다. 죽음으로도 퇴색하지 않는 진정한 광기지. 그렇기에 천 년의 세월을 넘어 지금까지 세계를 흔들어왔을 거야. 하지만 이제는 끝낼 때가 됐다."

이번에는 형운이 먼저 움직였다. 운화감극도로 교주를 덮쳤다.

팍!

흑영기를 두른 교주의 손이 형운의 주먹을 잡았다.

암월령의 기억이 경고해 온다. 운룡기의 본질을 깨달은 형운의 일권은 아까 전과는 차원이 다르다는 것을.

그리고 형운은 그런 교주의 의도를 예측하고 있었다.

파파파파팍!

이어지는 형운의 공세는 교주가 흑영기로 받아낼 수밖에 없도록 강요했다.

운룡기를 가졌다고 해서 형운의 신체 능력이 극적으로 상승하지는 않았다. 여전히 교주가 더 빠르고, 더 강하다.

─운화감극도(雲化感隙道) 무극연쇄(無極連鎖)!

하지만 형운은 매 행동마다 운화감극도를 펼쳐서 시공간의 연속성을 초월하고 있었다.

운룡기로 강화된 운화감극도는 본래의 운화감극도와는 격이 다르다. 그것은 운화감극도이면서 무극감극도와 같은 효과를 낸다.

즉, 그것은 무극감극도가 끝없이 이어지는 것과 다름없다!

'이런 말도 안 되는……!'

결국 교주의 흑영기 운용이 움직임을 따라가지 못했다. 그 틈을 비집고 운룡기를 휘감은 형운의 주먹이 그의 방어 위를 강타했다.

꽈아아아아앙!

폭음이 울리며 교주의 양팔이 터져 나갔다. 그것만으로 모자라서 몸통이 움푹 파이면서 내장이 부서지는 치명상을 입었다.

격통이 전신을 내달렸다.

'경기공과 천근추의 한계를 아득히 뛰어넘는다.'

이 일권의 위력은 실로 경천동지(驚天動地)!

신기로 강화된 교주의 무공과 술법 방어를 단번에 꿰뚫었다. 삼극존체로 3분의 1로 분산시켰는데도 치명상을 피할 수가 없었다.

운룡기의 힘이다. 형운에게는 존재하지 않는 듯 가볍게 느껴지지만 타격당하는 표적에게는 수백 배의 무게로 후려치는 것과 같은 충격이 발생하는 것이다.

'매 순간 생산되는 운룡기는 소량에 불과하다. 하지만 생산량 자체는 끝이 없다……!'

그리고 형운이 운화감극도를 펼치는 데 소모되는 운룡기는 생산량보다도 더 적은 극미량에 불과하다.

"하아아아아아!"

교주가 포효하며 형운을 뿌리쳤다.

형운이 신기를 지닌 이상 전투의 모든 조건이 바뀌었다. 전술의 형태가 바뀐 것만이 아니다.

'신기 소모량이 극심해졌다.'

형운의 일격으로 인한 피해를 재생하는 데 엄청난 양의 신기가 소모되었다.

그것은 형운의 공격이 운룡기를 두르고 있었기 때문이다. 신기의 묘용은 그저 위력을 증가시키는 데 그치지 않는다.

형운은 신화적인 존재와의 싸움에서 그 사실을 몇 번이나 증명해 왔다.

　대요괴 괴령의 금강불괴(金剛不壞)를 깨부쉈다.

청해군도에 폭군으로 군림했던 암해의 신의 본질을 파괴했다.

신격(神格)마저 초월한 설산의 왕, 성하를 쓰러뜨렸다.

그리고 흑영신의 신위(神威)를 강신(降神)하여 인간을 초월한 자, 화신 암월령에게 죽음을 안겨주었다.

운룡기를 두른 형운의 공격은 신격이 인지하는 고차원적인 영역에 걸쳐 있었다. 맞으면 영육이 다치는 것에 그치지 않고 존재의 본질마저 훼손당한다.

그로 인한 피해를 회복하기 위해 흑영신교주는 막대한 신기 소모를 강요받았다.

꽉! 파파파파꽉……!

운룡기를 휘감은 공격과 흑영기를 휘감은 방어가 연달아 부딪쳤다.

형운은 멈추지 않고 운화감극도로 따라붙으며 맹공을 펼친다. 공격을 펼치는 거리가 바뀌고, 위치가 바뀌고, 자세를 봐서는 추측할 수 없는 위력이 끊임없이 터져 나온다.

지금의 형운을 상대로는 더 빨라봐야 의미가 없다. 두 배 빠르게 달린다 해도 저쪽은 과정을 생략하고 도달점에 가버리니까.

더 강해봐야 의미가 없다. 아무리 힘이 강해도 그 힘을 최대치로 발휘하기 위한 과정이 필요한 법. 그런데 이쪽이 그 과정을 시작하는 순간 저쪽은 최대 출력에 도달해 있는 것이다.

'내가 지닌 모든 우위가 무의미해졌다.'

힘과 속도 면에서의 우위는 물론이고 기술적 우위조차도 소용없다.

기술 하나하나의 숙련됨과 혼자 몸으로는 이룰 수 없는 다양성이 결합, 성운의 기재이기에 가능한 기적적인 감각으로 펼쳐지는데도…….

꽈아앙!

방어하며 버티는 것조차도 불가능하다.

"크억!"

교주가 피를 흩뿌리며 날아갔다.

그러면서도 주변을 술법으로 빽빽하게 채우고 폭발시킴으로써 형운을 물러나게 만든다. 고작 한순간 지체시키는 것에 불과하지만 지금의 교주에게는 그조차도 너무나 귀중했다.

'강하다, 너무나도……!'

하지만 교주에게도 비장의 패는 있었다.

교주는 신기를 아낌없이 퍼부어서 술법을 난사했다. 그렇게 숨 돌릴 틈을 만들어내고는 최후의 수단을 발동시켰다.

—사자귀환(死者歸還)!

어둠의 파동이 퍼져 나갔다.

'음?'

천재지변처럼 쏟아지는 교주의 술법을 쳐부수면서 접근하던 형운은 문득 측면에서 쏟아지는 살기를 느꼈다.

꽝!

누군가 형운을 기습했다. 그것을 막아낸 형운이 깜짝 놀랐다.

"암월령?"

"구원을 방해하게 놔두진 않는다, 선풍권룡!"

천두산에서 죽은 암월령이 나타났다. 흑영기를 두른 그녀가 무시무시한 속도로 맹공을 펼쳤다.

"혼자서는 너를 못 당해내겠지. 하지만 둘이라면? 그 이상이라면 어떻겠느냐?"

그리고 형운이 그녀를 격파하기 전에 교주가 뛰어들어서 합공을 펼쳤다.

'허상이 아니야. 실체다. 무슨 거창한 의식을 치르는 것도 아니고 전투 중에 행하는 술법만으로 죽은 자를 부활시켰단 말인가?'

형운은 경악을 금치 못했다. 암월령은 천두산에서 싸웠을 때의 강력함 그대로 부활해 있었다.

당황한 채로 밀려나던 형운은 곧 그녀의 정체를 깨달았다.

'실체를 지닌 분신에 망자의 존재를 투영한 것이군. 만마박사가 부활한 것과 비슷해.'

만마박사가 한서우와의 일전에서 선보였듯 흑영신교에도 실체 있는 분신을 만들어내는 기술이 있다. 광세천교의 칠왕, 광마의 특기였던 광령신처럼 완벽하게 독립된 활동을 하는 것에는 이르지 못하지만 전술적인 국면에서는 충분히 쓸모 있는 기술이었다.

흑영신교는 그런 분신에 자신의 내면에 통합된 암월령의 존재를 투영했다. 신기를 이용해 펼친 그 술법은 암월령이 생전에 가장 강했던 순간을 복원해 내는 기적을 이루어낸 것이다.

'이자들은 신기를 쓰긴 해도 죽으면 즉시 다시 부활하진 못하겠군. 하지만 그래도 너무 터무니없잖아!'

당황한 형운 앞에서 교주가 다시금 술법을 펼쳤다.

─사자귀환(死者歸還)!

어둠의 파동이 퍼져 나가며 또 한 명의 망자가 생전 최강의 모습으로 나타났다.

"…교주님의 혜안이 옳았군요. 설마 흉왕의 제자가 우리의 마지막 적이 될 줄이야. 연옥의 의지는 이렇게까지 구세를 거부하는가."

시체처럼 창백한 인상의 중년 여성이었다. 그러나 그런 인상과 달리 기골이 장대한 근육질에 형운보다도 더 키가 크고 양손에 하나씩 묵직한 쌍도를 들었다.

귀혁에게 패해 죽은 팔대호법 흑월령, 귀검마녀(鬼劍魔女)라 불렸던 대마두였다.

이 둘이야말로 죽어서 교주에게 통합된 팔대호법 중에서도 최강이다. 하나하나가 사투를 각오해야 하는 강적이거늘

교주를 중심으로 완벽한 진법을 갖추고 연계를 펼치자 운룡기를 두른 형운도 쉽게 승기를 잡을 수 없었다.

교주가 말했다.

"분하지만 혼자서는 너를 이길 수 없음을 인정한다. 하지만 내 안에 깃든 존귀한 자들이 죽음을 넘어 너와 싸울 것이다!"

교주의 사자귀환은 최강의 두 사람을 부활시키는 것으로 멈추지 않았다.

또다시 어둠의 파동이 퍼져 나가며 무기가 2척(약 60센티미터)에 달하는 두 개의 부채를 무기로 쓰는 사내가 나타났다.

"선풍권룡, 네놈이 마지막의 마지막까지 우리를 가로막고 있었는가. 이 몸이 두 번 죽는 한이 있더라도 너를 막아낼 것이다."

과거에 강주성의 지하 시설에서 형운의 손에 죽은 암운령이었다.

다음으로는 거인족의 피를 이어 9척(약 2미터 70센티미터)에 달하는 거구에 그 체구에 걸맞게 특수 제작 된 언월도를 든 핏빛 눈동자의 남자가 나타났다.

"신성한 의무를 다하기 위해서라면 천 번, 만 번 죽는다 하더라도 두렵지 않다."

청해군도의 삼라허상진 안에서 진본해와 싸워 죽은 암서

령이었다.

그리고 마지막으로 검은 벼락이 폭발하면서 양손에 철조를 낀 마인이 나타났다.

"그때의 애송이가 존귀한 신의 뜻을 가로막는 최후의 적이 되었는가. 선풍권룡, 그릇된 세상을 지키는 악귀여, 너는 결코 뜻을 이루지 못하리라!"

운강에서 선검 기영준과 일전을 벌이고 죽은 흑서령이었다.

죽어서 자신과 통합된 다섯 팔대호법을 전장에 출현시킨 흑영신교주가 불길처럼 타오르는 눈빛으로 형운을 노려보았다.

"형운, 분명 너는 강하다. 그러나 모두의 힘을 하나로 모아 쓰러뜨리고 말 것이다!"

3

흑영신교주와 팔대호법 다섯이 형운 한 사람을 상대한다.

이것은 사람을 상대할 전력이 아니다. 흑영신교가 신격을 적으로 삼았을 때나 동원할 전력이었다.

형운이 이를 악물었다.

"말도 안 되는 짓을 하는군."

"내가 할 말이다. 너나 흉왕이나 정말 그 흉악함의 끝이 보이지 않는 자들이로군. 나는 혼자고 너희들은 둘이니 불리한 싸움을 치를 수밖에."

지금의 진용을 갖추기 위해 교주도 그만한 대가를 치렀다. 지금까지 전투에 쓴 총량보다 더 많은 신기를 소모해 버렸다.

그 과정에서 교주는 한 가지 사실을 깨달았다.

이제까지 교주는 형운이 운룡기를 생성하면서 동시에 세상을 변화시키는 작업도 수행하고 있다고 여겼다. 하지만 그 판단은 틀렸다.

형운은 오로지 성혼좌에서 어둠을 몰아내고 운룡기를 생성하는 데만 주력하고 있다. 세상을 변화시키는 작업을 진행하는 것은 귀혁이었다.

귀혁 스스로 성운단과 접속하지 않고 형운을 통해 그 힘을 나눠 받는 것은, 귀혁의 그릇이 성운단과 직접 연결되었을 때의 반동을 버틸 수 없기 때문일 것이다. 형운은 그가 버틸 수 있을 정도의 힘을 나눠주었고, 그에게 주어진 힘이 적은 만큼 세상을 변화시키는 힘이 약해진 것은 당연한 이치였다.

'둘이 성운을 먹는 자로서 구현할 심상조차 완벽하게 맞추었다는 의미다. 아무리 둘 다 신의 눈에 가까운 눈을 가졌다고는 하나 그럴 수가 있다니… 놀랍군.'

흑영신교도라면 모두가 동일한 세계관을 공유하니 충분히

가능한 일일 것이다.

그에 비해 아무리 서로에 대한 이해가 깊다 해도 결국은 타인에 불과한 형운과 귀혁이 그럴 수 있다는 사실은 놀라웠다.

그리고 또 한 가지 의문이 떠올랐다.

대체 형운은 왜 운룡기를 소량만 생산하고 있는가?

그는 귀혁에게 나눠주는 것의 10배에 달하는 성운단의 힘을 그릇에 담아내는 중이다. 그 힘으로 운룡기를 생산한다면 이미 교주가 지닌 신기를 능가하는 양을 가졌어야 했다.

'대체 무슨 짓을 하고 있는 거지?'

그가 파악하지 못한 뭔가가 있다.

그 점이 계속 마음에 걸렸지만 고민할 시간이 없었다. 형운을 쓰러뜨리는 것이 늦어질수록 인류가 파멸할 위험성이 커졌으니까.

"형운, 네가 바로 흑영신교 최후의 적이다!"

교주와 다섯 팔대호법이 동시에 공세에 나섰다. 교주를 중심으로 심령이 연결되어 있는 그들은 마치 여섯이 한 몸인 듯 완벽한 연계를 펼치고 있었다.

"큭!"

아무리 뛰어난 고수라도 이 연계 앞에서는 무너질 수밖에 없으리라. 그러나 끝없이 이어지는 운화감극도의 연쇄 덕분에 공방이 성립하고 있었다.

"스승보다도 더 어이없는 놈이군!"

대마두 귀검마녀가 공세를 펼쳤다.

―귀검무(鬼劍舞)!

귀검마녀의 몸 여기저기에 달려 있던, 뼈로 만든 검 모양의 장식들 중 하나가 심상경의 절예가 되어 형운을 쳤다.

상대방의 기맥에 음기(陰氣)를 선물하여 체내 진기의 균형을 무너뜨리는 귀검무결의 절기다.

하지만 이 기술은 일월성신인 형운을 상대로는 무용지물이었다. 귀검무가 안겨준 음기가 순식간에 녹아버렸으니까.

'나한테는 안 통해!'

형운이 귀검무를 무시하면서 밀고 들어갈 때였다.

―암야정적(暗夜靜寂)!

암월령이 삼중심상을 담은 무극의 권을 발한다.

형운은 운룡기를 이용, 쉽게 받아넘겼지만 현실 세계의 행동이 약간씩 지체되는 건 어쩔 수 없었다. 그리고 그 틈을 흑서령이 찌르고 들어왔다.

쩌아앙!

검은 벼락을 휘감은 그의 철조가 형운의 방어 위를 후려쳤다.

운강에서 죽었을 당시 흑서령은 요괴화로 신체 능력이 격상된 상태였다. 또한 빙령의 조각을 이식하여 내공이 9심이 달하고 흑영신의 가호로 심상경의 경지에 올랐다.

"크악!"

거기에 신기로 강화받기까지 했건만 그는 형운과 불과 세 번의 공방을 나눈 것만으로도 격파당했다.

운화감극도로 그의 양팔을 부순 형운이 발차기를 날리는 순간이었다.

―흑암무흔격(黑暗無痕擊)!

암서령이 거대한 언월도로 심상경의 절예를 발했다. 그는 심즉동의 경지에 이르지 못했지만 미리 준비하고 있다가 교주가 원하는 국면에 펼쳐낸 것이다.

―무극(無極) 칼날잡기!

하지만 형운은 무극 칼날잡기를 써서 그의 언월도를 자기 손안에 강제로 물질화시켜 버렸다.

"아니?!"

무기를 강탈당한 암서령이 경악하는 앞에서 형운이 운룡기로 언월도를 가루로 만들어 버렸다.

하지만 그 짧은 틈에 암월령이 뛰어들어서 일권을 날렸다.

'귀찮군! 하지만 정말로 효율적이다!'

형운이 이를 악물었다.

지금의 형운이 두려운 점은 운화감극도가 무극감극도와 동일한 효과를 발휘한다는 점이다. 게다가 운화와 기화 과정에 본신 진기의 부담 없이 극미량의 신기만을 사용하기에 거의 모든 공방을 운화감극도로 펼치면서 시공간의 연속성을 초월했다.

흑영신교는 이에 대해 심상경의 절예를 견제기로 써서 형운의 행동 사이사이에 경직된 순간을 만들어내고 있었다. 그들이 수적 우위를 점한 데다 진법을 이루고 한 몸처럼 완벽한 연계를 펼치기에 형운도 조금씩 상처가 늘어가기 시작했다.

'이대로는 진다.'

가랑비에 옷이 젖듯 서서히 타격이 누적되다가 어느 순간 단번에 무너지고 말리라.

그렇게 판단한 형운은 승부를 걸었다.

암월령이 무극의 권을 발해서 그의 움직임을 막고, 귀검마녀가 뛰어들면서 도격을 날릴 때였다.

'뭐지?'

귀검마녀가 놀랐다.

형운이 방어 동작을 취하지 않았기 때문이다.

파악!

대신 경기공을 극대화한 채로 운룡기를 둘러서 그 공격을 몸으로 버텨내었다.

"크윽!"

그럼에도 몸에 긴 상처가 나면서 피가 튀었다.

하지만 이 한 수로 형운은 의도하던 목적을 달성했다. 흑영신교가 원하는 대로 이끌어가던 공방의 흐름을 어긋나게 한 것이다.

―무극뇌원경(無極雷源境)!

형운이 빛으로 화한 찰나, 어마어마한 뇌전이 폭발했다.

콰과과과광!

눈부신 뇌전이 수백 장을 찢어발기며 질주한다.

"아직도 이런 힘이 남아 있었나!"

그 폭심지에 있던 교주와 팔대호법은 방어에 전념할 수밖에 없었다.

무극뇌원경으로 발하는 뇌기는 사전에 형운이 천공기심에 비축해 둔 것이다. 도대체 그 비축량이 얼마나 되기에 계속해서 이런 대기술을 펼친단 말인가?

―무극설원경(無極雪源境)!

형운은 마치 그 의문이 화답하듯 연이어 대기술을 펼쳤다.

해일 같은 한기가 폭발하며 눈에 보이는 모든 것이 새하얗게 변해 버린다.

시야가 무의미해진 상황이다. 그러나 교주와 팔대호법의 연계는 조금도 흐트러지지 않았다. 형운이 어디서 급습해 오든 대응할 준비가…….

푹!

"어……?"

교주와 함께 방어 술법을 펼치고 있던 암운령이 믿을 수 없다는 듯 눈을 크게 떴다.

순간 빛이 번쩍이더니 한 자루 얼음검이 그의 눈앞에 나타나 있었다. 그리고 그의 방어를 아예 존재하지 않는 것처럼 지나쳐서 몸에 박히는 게 아닌가?

불괴의 얼음으로 벼려낸 검이었다.

그런데 뭔가 이상했다. 교주와 팔대호법은 불괴의 얼음에 대해서 충분히 주의하고 있었던 것이다. 그런데도 운화로 공간을 넘어서 출현하기 직전까지 그 존재를 전혀 눈치채지 못하다니?

─신기(神氣) 백호노격(白狐怒擊)!

그 의문을 떠올리기도 전에, 불괴의 얼음검 속에 극한까지 응축되어 있던 한기가 폭발했다.

콰아아아아아……!

그들이 형성한 진법의 기본 원리는 내부의 압력을 극대화시키는 것으로 외부의 압력에 대항하는 것이다. 따라서 내부에서 터진 공격에는 취약할 수밖에 없었다.

"크아아악!"

암운령은 즉사했다. 그리고 교주와 팔대호법이 뿔뿔이 흩어져 튕겨 나갔다.

그들은 흑영신교를 대표하는 전력답게 그 순간에도 제각기 방어를 펼쳐서 피해를 최소화했다. 그러나 폭발에 밀려 흩어진 시점에서 형운의 목적은 달성된 후였다.

그리고 강신 상태인 교주와 암월령은 섬뜩한 사실을 깨달았다.

'무극지경의 영능이 아니야. 이 또한 신기(神氣)다!'

형운이 운룡기 말고 또 다른 신기를 쓰고 있었다. 그 신기에는 한기를 다스리는 특성이 있는 것이 틀림없었다.

불괴의 얼음검이 그들의 허를 찌른 것도 그래서였다.

조금 전까지만 해도 형운이 쓰는 불괴의 얼음은 신기로 일으키는 현상의 모방이었다. 그것만으로도 기적적인 능력이었지만 원본에 비하면 열화된 형태였던 것이다.

하지만 지금 암운령을 찌른 불괴의 얼음검은 오래전, 백야가 쓰던 원본과 동격이었다.

'괴물 같은 놈! 정말로 이런 짓을 해내다니!'

한 인간이, 그것도 한 전장에서 두 종류의 신기를 쓴다. 신화시대를 기준으로 봐도 말도 안 되는 일이다.

그럼에도 교주는 형운이 그럴 수 있다고 예상했다.

왜냐하면 형운이 청해군도에서 암해의 신의 그릇이 되었던 경험이 있음을 알기 때문이다. 형운이 존재했던 과거의 시공을 재현하여 신기를 얻는다면 암해의 신의 힘 역시 그 대상이 될 수 있을 것 아닌가?

그러나 형운은 흑영신교가 알지 못하는 신기로 허를 찔렀다.

'설산! 설산의 신기가 이것이었구나!'

설산의 왕 성하가 쓰러졌을 당시, 교주는 설산에 비장되어 있던 알 수 없는 신에게 기원을 둔 신기가 사라졌음을 알고 기꺼워했다. 그것은 흑영신교가 경계하던 변수였기 때문이다.

하지만 그 신기의 정체와 사라지게 된 과정에 대해서는 끝내 알아내지 못했다. 그런데 그때의 공백이 이 순간에 치명적인 칼날이 되어 돌아올 줄이야?

콰콰콰콰콰……!

형운의 공격에 튕겨 나간 흑서령은 휘몰아치는 한기폭풍과 뇌전폭풍에 휩쓸렸다.

자세를 바로잡고, 아군의 위치를 확인하고 다시 모여야 한다. 혼란 속에서도 그는 교주가 세운 우선순위에 따라서 움직였다.

그러나…….

"네놈부터다."

자세를 바로잡기도 전에 형운이 홀연히 나타났다.

"이놈!"

흑서령은 급히 철조를 휘둘러 형운을 견제하려고 했다.

그러나 형운은 나타나는 순간 이미 운화감극도로 완벽한 공격 태세를 갖추고 있었다.

쫘아아앙!

일권이 머리통을 부수고, 이권이 몸통을 산산조각 낸다.

그것으로 흑서령이 죽었다.

"둘."

박살 난 흑서령의 몸이 한기폭풍에 집어삼켜지는 가운데, 형운이 무기를 잃은 암서령 앞에 나타났다. 그리고 그가 미처 뭘 해볼 틈도 주지 않고 일권으로 숨통을 끊어놓았다.

"셋."

그것은 그야말로 눈 깜짝할 새였다.

암운령이 갑자기 나타난 불괴의 얼음검에 당하고, 백호노격의 폭발에 밀려난 팔대호법이 자세를 바로잡기도 전이다.

순식간에 다섯 팔대호법 중 셋을 죽여 버린 형운이 암월령 앞에 나타났다.

"나는 쉽지 않을 것이다!"

암월령은 신체 능력에서 형운보다 위다. 게다가 강신 상태에서 흑영기를 다루기까지 하니 일대일로 싸워도 절대 만만한 적이 아니다.

그럼에도 이 상황은 치명적으로 불리하다. 암월령이 자세조차 취하지 못한 반면 형운은 운화감극도로 완벽한 공격 태세를 갖췄으니까.

팟!

하지만 암월령은 형운의 일격을 받아내었다. 모든 공격을 봉쇄하는 흑영기 덕분이었다.

콰직!

섬전 같은 발차기로 반격한 암월령은 뭔가 이상함을 느꼈다.

맞힐 수 있으리라 생각한 공격이 아니었다. 어디까지나 형운의 움직임을 견제하고 공방을 이어가기 위한 포석이었는데, 그 공격이 형운의 몸통에 제대로 꽂혀 버렸다.

'얼음?'

게다가 때린 감촉은 마치 두꺼운 얼음을 때렸을 때와 같았다.

"이 수법으로 너희들도 재미를 본 모양이더군."

순간 형운의 모습이 얼음상으로 변했다.

쩌적……

당황하면서도 연격을 형운의 가슴팍에 꽂아 넣은 암월령의 귓가에 불길한 균열음이 들려왔다.

―신기(神氣) 백호노격(白狐怒擊)!

얼음상이 산산조각 나면서 그 속에 담겨 있던 한기가 폭발했다. 지근거리에서 일어난 한기의 대폭발은 암월령으로서도 피할 수 없었다.

'아.'

형운은 빙백무극지경의 권능으로 얼음분신을 만들어낼 수 있었다. 그런데 거기에 백야의 신기가 더해지자 강신 상태인 암월령의 눈조차 속여 넘기는 완벽한 분신을 만들어낸 것이다.

콰콰콰콰콰!

폭발하는 한기파동에 직격당한 암월령은 광포하게 날뛰는 한기폭풍과 뇌기폭풍을 피할 수 없었다.

'안 돼……!'

그리고 암월령은 절망적인 사실을 깨달았다.

귀검마녀도 그녀와 똑같은 수법에 당했다.

그리고 형운은 처음부터 이 둘을 쓰러뜨리려고 하지 않았다. 흩어지는 순간, 환경의 우위를 이용해 쉽게 격파할 수 있었던 셋과 달리 이 둘은 형운도 방심할 수 없는 진정한 강자들이기 때문이다.

그렇기에 형운의 의도는 어디까지나 잠시 동안 둘을 무력화하는 것뿐이었으며…….

'교주님!'

진짜 목적은 교주였다.

……!

무극지경의 한기와 뇌기가 어우러진 폭풍 너머에서 만상 붕괴가 일어났다.

소리가 사라지고, 색이 사라지고, 사물의 윤곽조차 무너지며 혼돈이 모든 것을 지배한다.

그러나 창세의 심장부가 된 성혼좌에서는 만상붕괴조차 찰나를 지배할 뿐이다. 눈을 한번 깜빡하고 나니 모든 것이 원래대로 돌아와 있었다.

그리고…….

"하……."

교주는 한 자루 얼음검이 자신의 심장을 꿰뚫었음을 알았다.

"연옥의 운명은… 구원을 거부하는가."

마지막 공방은 일방적이었다. 교주는 허무할 정도로 완벽하게 형운의 치명타를 허용하고 말았다.

서로 마주한 순간 혼돈이 그를 덮쳐왔기 때문이다.

교주는 그것이 형운의 내면임을 깨달았다. 형운이 신의 눈으로 그를 들여다보았기에 그 또한 자기 의지와는 상관없이 형운을 들여다볼 수밖에 없었다.

교주의 집중력이 끊긴 것은 불과 한순간이었지만 돌이킬 수 없을 정도로 치명적이었다.

신기로 인한 타격은 존재의 본질을 훼손시킨다. 천두산에서 화신 암월령이 죽었을 때 그랬듯 신기 사용자끼리의 전투에서 치명상을 입은 교주는 죽음을 피할 수 없었다.

"걱정 마라. 네가 우려하는 파멸은 없을 테니까."

형운의 말에 교주가 공허하게 웃었다.

"…정말로 그런 일이 용서될 것이라고 생각하느냐?"

아까 전과 달리 교주는 형운의 내면을 적나라하게 들여다보았다. 그래서 그가 준비한 해결책이 무엇인지도 알 수 있었다.

그것은 정말로 터무니없는 짓이었다. 하지만 이 상황에서 파멸을 회피할 유일할 방법일지도 모른다.

"말했지. 내 선택이 파멸을 부른다면 내가 책임지겠다고."

"……."

단호한 형운의 대답에 교주가 그를 가만히 바라보다가 어이없다는 듯 미소 지었다.

"그랬었지. 너는 그런 놈이었다……."

교주가 울컥 피를 토했다. 목숨의 불빛이 빠르게 꺼져가는 것이 느껴졌다.

무한한 어둠이 영혼을 감싸 안는다.

교주는 자신의 본질인 흑영신을 우러러보았다.

'딱 한 가지만 욕심을 부리고 싶구나.'

교주는 흑영신을 섬기는 인간이 아니라 흑영신의 화신이다.

인간과 신은 서로를 이해할 수 없지만 그러면서도 뗄 수 없는 운명으로 얽혀 있다. 흑영신은 인간을 이해하기 위해 자신의 영혼 일부를 지상에 내려보내어 화신을 만들었으니 그것이 바로 역대 흑영신교주들이다.

교주는 흑영신의 또 다른 얼굴이다. 따라서 그의 마음이야말로 흑영신의 마음일 것이다.

'내 본질인 신의 마음은 이토록 거대할진대…….'

교주는 다가오는 죽음을 보며 생각했다.

'인간의 마음은 이토록 작은 것에 만족할 수 있는가.'

죽음을 앞두자 슬픔과 회한이 떠올랐다. 그리고 단 하나, 작은 소망이 남았다.

"…형운, 네가 이겼다. 이로써 연옥은 영원히 구원받지 못할 것이다. 인간은 끝없이 연옥에 태어나 고통받겠지."

흑영신은 신화시대에 시작된 싸움이 자신의 패배로 끝났음을 인정했다. 자신은 패했다. 연옥은 영원히 구원받지 못할 것이다.

교주는 흐려져 가는 눈으로 형운을 바라보며 말했다.

"포악한 승자여, 진심으로 네가 성공하길 빌겠다……."

그럼에도 흑영신은 승자인 형운을 축복했다.

흑영신과 광세천은 결코 양립할 수 없는 대극이었지만 그럼에도 닮은꼴이었다. 광세천이 그랬듯 흑영신이 세상을 구원하고자 하는 뜻에는 한 치의 거짓도 없었다.

다만 그것이 이 세상에는 용서받지 못할 광기였을 뿐이다. 누군가의 오만한 선의는 누군가에게는 폭력이 될 수 있다. 흑영신의 의지야말로 그 불합리의 정점이었다.

흑영신은 자신의 선의가 꺾였음을 안타까워했지만, 그 실패가 세상의 파멸로 이어지길 바라지 않았다.

보살펴 줄 신의 손길을 잃은 가련한 자들이라도 그들에게는 살아갈 가치가 있다. 가혹한 세상 속에서 진리를 구하여 어둠의 낙원으로 가는 문을 찾을 권리가 있다.

교주가 패한 이상 세상을 파멸로부터 구할 수 있는 것은 형운뿐이다. 그렇기에 흑영신은 진심으로 형운을 축복했으며…….

"그러나… 성공한다 해도 너는 무사하지 못할 것이다."

형운에게 닥칠 미래를 경고해 주었다.

"너도 이미 결과를 짐작하고 있겠지. 그래도 하겠느냐?"

"어차피 이것 말고는 방법이 없어."

교주는 쓴웃음을 짓는 형운에게서 깊은 두려움을 읽었다.

형운은 두려움을 몰라서 여기까지 온 것이 아니다. 아무리 무섭고 아프더라도 해내야만 하는 일이 있기에 온 것이다.

"내가 선택한 길이야. 그러니까… 이제 와서 다 같이 죽자고 도망칠 수는 없잖아."

"끝까지 어리석고 어리석구나. 하지만 왠지 이 순간만큼은 네 그런 점이 밉지 않다."

"……."

"세상은 그대를 용서하지 않을 것이다. 부디 패퇴한 신의 축복이 절망에 빠진 그대가 붙잡을 지푸라기가 될 수 있기를……."

축복의 말을 건네면서 교주는 신기한 기분에 사로잡혔다.

더없이 증오하던 적이었다. 누구보다 의미 있는 적으로 인정하면서도 한순간도 그를 향한 미움과 살의를 내려놓은 적이 없었다.

하지만 모든 것이 끝난 지금은 그런 감정이 모두 눈 녹듯이 사라졌다. 지금 그가 느끼는 것은 형운에 대한 믿음과 동정뿐이었다.

"작별이다, 형운."

이 감정은 자신의 것인가 아니면 흑영신의 것인가.

교주는 그런 의문을 느끼며 저 아득한 곳으로부터 내려오는 어둠에 휩싸였다.

'만마박사, 부디…….'

먼 곳을 향해 자신의 소망을 속삭이는 그의 의식이 어둠에 묻혀 스러져 갔다.

우우우우우!

동시에 둘로 나뉘었던 성운단의 힘이 형운 한 사람에게로 집중되었다.

"……."

재창세의 권리를 독점한 형운은 두려움에 떨리는 몸을 붙잡고 눈을 감았다.

"누나."

결단을 앞두고 가려를 떠올린 형운이 중얼거렸다.

"미안해요."

그리고 형운은 자신과 귀혁의 연결을 끊었다.

4

성운단의 봉인이 풀린 성혼좌는 더 이상 작은 세상이 아니었다. 물리적으로는 무한한 공간이 펼쳐져 있었다.

흑영신교주가 자아낸 어둠을 걷어냈어도 형운의 전장과 귀혁의 전장은 연결되지 않았다. 둘은 성운단의 힘을 연결한 것으로 서로의 존재를 확인할 수 있을 뿐이었다.

"형운?"

귀혁이 흠칫했다.

형운에게서 운룡기를 나눠 받은 그는 만마박사를 완벽하게 궁지로 몰아넣었다. 만마박사가 할 수 있는 일은 조금이라도 패배의 시간을 뒤로 늦추는 것뿐이었고 그마저도 끝이 보이고 있었다.

그런데 갑자기 그와 형운의 연결이 끊겼다. 성운단의 힘이 전해져 오지 않는 것은 물론이고 부름에도 응답이 없었다.

"교주께서 패하셨는가."

만마박사가 피투성이가 된 채로 탄식했다.

운룡기를 두른 귀혁과의 격전으로 그는 자신에게 주어진 신기를 전부 써버렸다. 이제는 죽음을 한순간이라도 더 유예하기 위해 발버둥 칠 뿐.

그러나 이제는 그럴 이유도 사라졌다.

만마박사가 눈을 질끈 감았다.

'교주, 이 늙은이를 이렇게 고생시켜 놓고 먼저 가버리다니 어찌 그리 잔혹하시오.'

교주가 이기길 바랐다.

신의 숭고한 의지보다도 인간인 그가 삶의 의미를 찾길 바랐기에 만마박사는 운명에 떠밀리듯 이 자리에 왔다. 교주가 이긴다 해도 정해진 결말이 찾아올 뿐임을 알면서도 부질없는 희망을 버릴 수 없었다.

그러나 운명은 잔혹했다. 교주는 결국 시련을 넘지 못하고 쓰러졌다.

"……."

슬퍼하던 만마박사는 문득 귀혁의 상태가 이상하다는 것을 깨달았다.

"흉왕?"

만마박사가 불렀지만 그는 들리지도 않는 듯 무섭게 굳은 얼굴로 저편을 노려보고 있었다.

"이 바보 같은 녀석! 왜 전부 혼자 감당하려는 것이냐!"

귀혁은 형운이 하려는 일을 짐작했다.

둘은 이 순간을 상상하며 수도 없이 논의를 거쳐왔다. 형운이 교주를 쓰러뜨릴 수 있었던 것은 둘이 함께 노력해 온 시간이 뒷받침된 덕분이다.

하지만 싸움이 끝나고 형운이 선택한 길은 귀혁과 논의한 선택지를 벗어났다. 정확히는 그 과정에서 배제된 금단의 수단이었다.

"멈춰라, 형운! 그래서는 안 돼!"

귀혁은 필사적으로 형운을 외쳐 부르며 전속력으로 그가 있는 곳으로 향했다.

쿠우우웅……!

하지만 한발 늦었다. 성혼좌가 격렬하게 진동했다.

그리고 세계의 형태를 결정하는 힘, 재창세의 해일이 모든 것을 집어삼켰다.

5

　가려와 풍성 초후적은 거듭 이어지는 격전을 통해 심안호창의 신기를 남김없이 소진시켰다. 그리고 더 이상 부활할 수 없게 된 심안호창의 숨통을 끊고 마계문을 파괴했다.

　힘든 싸움을 끝마친 가려는 초후적과 함께 총단으로 달렸다.

　성도의 탑 아래서 아직까지도 암익신조와의 싸움이 이어지고 있었다. 노래가 꺾인 암익신조는 영격에 크나큰 손실을 입었으나 그럼에도 바다처럼 거대한 여력을 지닌 존재였기에 쉽사리 끝장을 볼 수 없었던 것이다.

　가려와 초후적이 합류했어도 마찬가지였다. 전세가 결정적으로 기울긴 했지만 암익신조는 필사적으로 버티고 있었다.

　'형운.'

　가려는 싸움 도중에도 계속해서 형운을 생각했다.

　어리석은 짓이라는 것을 안다. 그리고 형운과 나눠 먹은 가연국 영단의 힘으로 그가 살아 있다는 것도 안다.

　그런데도 불길한 예감이 지워지지 않는 것은 왜일까?

　쿠우우웅……!

　암익신조와의 싸움이 끝을 보일 때였다.

성운을 먹는 자 131

또다시 세계가 흔들렸다.

이 세상 모두가 감지할 수 있는 흔들림이었다. 순간 모두가 눈앞의 상황을 잊고 하늘을 올려다보았다.

"이, 이게 무슨 일이지?"

그리고 경악했다.

보이지 않는 격류가 모든 것을 집어삼키기 시작했다. 세상 그 무엇도 그 격류에서 벗어나지 못하고 속수무책으로 휘말렸다.

하지만 모두들 의식만은 그대로였기에 자신이 휘말린 변화를 똑똑히 보았다.

시간이 되감기고 있었다.

그 거스름은 처음에는 느릿느릿했다. 지나간 일을 그보다 몇 배는 늦게 되돌리는 과정은 힘겨워 보였다.

하지만 점차 가속이 붙는다. 일어난 일과 똑같은 속도에 도달하기까지 얼마 걸리지 않았고 그 후로 몇 배나 빨라진다.

파괴되었던 사물이 파괴되기 전으로 돌아간다.

부상자의 상처가 사라지고, 이미 죽은 자조차 죽음의 과정을 거슬러 되살아난다.

세상 만물의 시간이 거꾸로 돌아가는 가운데 인간을 비롯한 지성체의 의식만이 정상적인 흐름을 타고 있었다.

대부분의 사람들은 무슨 일이 일어나는지 알지 못하고 그 변화를 지켜볼 뿐이었다. 시간이 거꾸로 되감기는 것이 너무 빨라서 그 도중에 무슨 일이 있었는지 전혀 알아볼 수 없었다.

하지만 무인들, 그중에서도 사고 속도가 일반인보다 훨씬 빠른 고수들은 알아볼 수 있었다.

'고스란히 되돌아가는 게 아니야.'

분명 세상의 시간은 과거의 어느 지점을 향해 거꾸로 질주하고 있다.

하지만 그 과정은 일어난 일을 고스란히 되짚고 있지 않았다.

'흑영신교가 없어진다.'

모든 것이 과거로 돌아간다면 흑영신교 역시 마찬가지여야 할 것이다. 죽은 자들이 다시 살아나 똑같은 파괴와 살육을 반복하리라.

그러나 이 모든 기적에서 흑영신교도는 제외되었다.

죽은 흑영신교도는 살아나지 못했다. 그들이 일으킨 살육과 파괴만이 없던 일이 되어버린다.

'그리고……'

가려는 시간 역행 직전까지 살아 있었던 흑영신교도들의 변화를 보았다.

그들은 하늘에서 내려온 어둠이 휩싸여 스러지고 있었다.

그들에 관련된 것만이 지금 일어나는 변화와는 별개의 시공
으로 독립된 것 같았다.

'이겼군요, 형운.'

가려는 그 사실이 의미하는 바를 깨닫고 미소 지었다.

하지만 그때였다.

―누나.

형운의 목소리가 메아리처럼 아득하게 들려왔다.

―미안해요.

가려의 가슴이 덜컥 내려앉았다.

6

형운은 성혼좌의 중심에서 세상을 관조하고 있었다.

흑영신교주에게 승리하고 성운단을 독점한 형운은 그 전
까지 성운을 먹는 자로서 진행하던 변화를 포기했다.

교주를 쓰러뜨린 시점에서 그가 지적한 대로의 문제를 인
정했기 때문이다. 교주가 바꿔 버린 세계를 다시 원래대로 변

화시키기에는 성운단의 남은 힘이 부족했다.

형운은 성운단을 전투 자원으로 쓰기 시작한 시점부터 이렇게 될 경우를 예상했다. 예상했으면서도 승리를 위해서는 다른 선택지가 없었다.

그렇기에 그는 그 방법을 선택한 시점부터 마지막을 대비했다.

귀혁은 형운이 자신에게 변화를 맡긴 것은 전투에 전념하기 위해서라고 생각했다. 하지만 실은 이 순간을 대비하기 위함이었다.

'역사를 고쳐 쓴다.'

형운이 운룡기와 백야의 신기를 생성한 방법은 이미 존재했던 과거의 시공을 재현하는 것이다. 그리고 이것은 낙성산에서 이현이 성운단을 현재에 재현해 냈던 일의 모방이었다.

그런데 형운이 이현의 방법에서 얻은 영감은 거기서 그치지 않았다.

그는 이현처럼 자신이 경험하지 못한 까마득한 과거까지 재현할 수는 없었다. 하지만 자신이 경험한 과거까지라면 얼마든지 인식하고 재현할 수 있을 것 같았다.

그런 결론을 낸 형운은 가까운 과거의 한 지점을 인식했다. 단순히 자신이 있었던 장소만이 아니라 그 시점의 온 세상을.

쉽지 않은 일이었다.

시공은 거대한 혼돈의 덩어리와도 같았고 단 한순간으로 한정한다 할지라도 온 세상의 정보량은 감히 인간의 머리로 감당할 수 있는 수준이 아니었으니까.

답은 귀혁과 함께 노력해 온 시간 속에 있었다.

'실패할 경우를 생각해야 하지 않을까요? 실패하면 모든 게 끝장인데 수습할 방법을 고민하지 않으면……'

'확실히 그렇지. 우리가 죽는 것으로 끝나진 않을 테니 말이다.'

형운과 귀혁은 많은 가능성을 떠올리고 그중에 현실성 있는 방법을 연구했다.

중요한 것은 그 방법을 완벽하게 정리된 심상으로 구축해 놓아야 한다는 것이다.

성운단의 힘을 쓰는데 순간적인 발상에 의존한 임기응변은 재앙을 부를 뿐이니까. 그렇기에 형운과 귀혁은 아무리 비현실적으로 여겨지는 방안에 대해서도 집요할 정보로 완벽하게 세부 사항을 결정해 두었다.

'설마 이런 식으로 쓰게 될 줄은 몰랐지만.'

경쟁자의 존재 때문에 성운단의 힘이 모자라지는 상황은 상상도 해보지 못했다.

형운과 귀혁이 전투 상황을 상정한 것은 다른 이유였다.

"숙원이 이루어지면 그 후의 일은 알 바 아니라고 하셨지요."

성존과 싸우게 될 가능성을 염두에 두었기 때문이다.

"그랬지. 이제 곧 그렇게 되겠군. 이런 식이 될 줄은 몰랐지만."

성존은 희열에 차 웃었다.

장구한 세월 동안 노력하고 기다려 온 끝에 마침내 그의 숙원이 이루어진다. 머나먼 옛날, 세계의 본질을 해명한 인간 연단술사가 남긴 망령의 집착이 끝을 맺을 때가 왔다.

형운이 그를 똑바로 노려보며 말했다.

"약속해 주시겠습니까?"

"뭘?"

"당신의 숙원이 이루어진다면 제가 바라는 대로 따라주시겠다고 말입니다."

형운은 성존과 싸우고 싶지 않았다. 지금이라면 싸워서 이길 수는 있을 것이다. 성혼좌를 완전히 장악했고 성운단의 힘도 전투에 쓰기에는 넘치도록 남아 있으니까.

하지만 그와 싸워서 성운단의 힘을 소모하는 것 자체가 큰 부담이다. 자칫하다가는 정말로 모든 것이 파멸로 수렴할 수도 있었다.

성존이 고개를 갸웃했다.

"내가 얌전히 죽어주길 바라나? 그런 거라면 얼마든지. 어차피 숙원만 이루어지면 더 바라는 건 없으니까."

"……."

형운은 잠시 말문이 막혔다.

아무리 오로지 숙원을 이루는 것에만 존재 의미를 둔다고 하더라도 이렇게 가볍게 죽음을 받아들일 줄이야.

"비슷합니다."

곧 형운은 고개를 젓고는 성운단의 힘으로 성존에게 자신이 바라는 결말을 보여주었다. 그 의미를 이해한 성존이 히죽 웃었다.

"그런가. 이건 어떤 의미에선 죽음보다 더하군."

"……."

형운은 부정하지 않았다. 그는 자신이 성운을 먹는 자로서 새로운 운명을 결정지은 세계에 더 이상 성존이 존재하지 않기를 바랐으니까.

"내 숙원을 이루어주는 자가 무엇을 바라든 들어줘야지. 뜻대로 해라. 그게 내가 네게 주는 권리니까."

잠시 형운을 바라보던 성존은 흔쾌히 고개를 끄덕였다.

형운은 그제야 성존에 대한 부담을 내려놓고 재창세에 집중할 수 있었다.

다시금 이날을 준비하며 귀혁과 나눈 대화가 떠올랐다.

'우리가 특정 시점의 세상 전부를 인식하고 재현하는 것은 불가능하다. 따라서 아주 명쾌한 기준이 필요하다. 개인화된 경험이 아니라 세상 누구에게 말해도 알아들을 수 있는… 그래, 세계를 설득할 수 있는 기준 말이다. 그런 기준을 세울 수 있다면 세상의 모든 정보를 알지 못하더라도 시간만을 그 지점으로 되돌리는 게 가능할 것이다.'

'그날 해가 뜨는 순간 같은 건 어떨까요?'

'좋은 예가 되겠구나.'

개인의 경험만으로는 안 된다. 세상 전부가 이해할 수 있는 기준이 필요하다.

그리고 형운은 아주 가까운 과거에서 그런 기준을 찾아내었다.

'흑영신교주가 성운단의 힘을 받아들이기 직전.'

그것은 재창세가 시작된 순간이었다. 아마 해가 뜨는 순간보다도 더 강렬하게 온 세상에 각인되어 있을 것이다.

가까운 과거라는 점도 아주 좋았다. 시간적으로 먼 과거일수록 시간 역행을 위해 필요한 힘도 많아지니까. 성운단의 힘이 얼마 남지 않은 지금은 오늘 아침 동이 트는 순간으로 돌아가는 것조차 어렵다.

물론 아쉬움은 많았다.

가능했다면 좀 더 먼 과거를 노렸을 것이다. 흑영신교가 이
모든 일을 벌이기 전으로 돌아가서 오늘 일어난 모든 끔찍한
참극을 역사에서 지워 버리고 싶었다.

'역시 사람 욕심은 끝이 없는 법이지. 그래도… 할 수 있다
면 하고 싶었어.'

삼라만상 모든 것의 운명을 결정지을 권리를 손에 넣었다.
그런데도 이토록 한계가 뚜렷하다는 사실에 실소가 나왔다.

'희생된 모두를 구할 수 있었다면 얼마나 좋았을까.'

세상이 과거로 회귀한다. 하지만 회귀하는 지점은 그들이
알던 세상 그대로가 아닐 것이다.

더 이상 흑영신교는 없다. 그 시간 동안 일어났던 모든 죽
음과 파괴가 없던 일이 되겠지만, 흑영신교만은 파멸한 채로
남으리라.

그것 말고도 많은 변화점이 있을 것이다. 형운이 꿈꾸는 것
은 진부하면서도 다른 세계였다.

그리고…….

'…나도 돌아가고 싶었어.'

그 세계에 형운의 모습은 없을 것이다.

형운은 자신의 의지로 시공을 고쳐 쓴 반동을 실감하고 있

었다.

본래 존재했던 인과율을 무시하고 무자비하게 고쳐 쓰기를 당한 시공이 형운의 존재를 거부한다. 이 모든 변화가 끝나는 순간 형운은 현계의 시공에서 추방될 것이다. 그것은 인간으로서는 죽음이나 다름없다.

성운단의 힘이 충분했다면 피할 수 있었던 결말이다. 시간을 역행시키지 않고 교주가 일으킨 변화를 원래대로 복원하는 변화를 꾀할 수 있었다면 아무 문제 없이 마무리할 수 있었으리라.

하지만 모든 것이 너무 늦어 있었다. 형운에게 남겨진 방법은 이것뿐이었다.

형운은 눈을 감았다.

역류하는 시공 속에서 그의 의념이 귀혁에게 닿았다. 두 사람이 심상 세계 속에서 마주했다.

"사부님."

"형운! 이게 무슨 짓이냐?"

귀혁은 형운의 멱살을 쥘 기세로 윽박질렀다. 형운이 쓴웃음을 지었다.

"이 방법밖에 없었어요."

"성급한 결정이었다. 계획대로 둘이 힘을 합쳤다면 충분히……."

"우리 예측이 틀렸어요. 성운단에 직접 접촉해 보니 알겠더군요."

귀혁의 말문이 막혔다.

온전히 성운을 먹는 자가 될 수 있는 그릇인 형운에 비해 그는 많이 부족하다. 형운이 중계자 역할을 하면서 감당할 수 있는 만큼의 힘을 건네받았을 뿐이기에 그는 성운단의 본질과 직접 접촉하지 못했다.

"시간 역행을 일으키는 축은 한 사람이어야만 했습니다. 그리고 그 상황에서는 시간 역행 말고는 다른 방법이 없었어요."

"…그랬군. 알겠다. 성공할 수 있겠느냐?"

"확실히 성공할 겁니다. 전부 우리가 의도한 대로 될 거예요."

형운은 이제 실패의 불안을 떨쳐냈다. 재창세는 그가 의도한 형태로 진행되고 있고 성운단의 힘도 충분하다.

하지만 다음 순간 날아든 질문은 형운의 가슴을 날카롭게 찔렀다.

"너는 어떻게 되는 것이냐?"

"……."

"대답해 다오."

형운은 문득 낯설음을 느꼈다. 자신을 바라보는 귀혁이 한 번도 본 적 없는 표정을 짓고 있었기 때문이다.

그가 아는 귀혁은 늘 냉철하고 강한 사람이었다. 형운은 그가 약한 모습을 보이는 것을 상상조차 해본 적이 없었다.

하지만 지금 귀혁은 형운이 다른 사람들에게서 많이 보아온 얼굴을 하고 있었다.

이미 절망적인 현실을 알고 있으면서도 필사적으로 부질없는 희망에 매달리는, 연약한 사람들의 얼굴을.

그래서였을 것이다. 형운은 잔잔하게 미소 지으며 말했다.

"저는 괜찮을 거예요. 걱정 마세요."

"……."

"잠시 후에 다시 만나지요. 내기 잊지 마세요. 이제 사부님 구룡향주는 제 겁니다."

형운이 너스레를 떨었지만 귀혁의 표정은 변하지 않았다. 그는 형운의 어깨를 짚으며 떨리는 목소리로 물었다.

"솔직하게 말해다오. 부탁이다……."

"괜찮을 거라니까요."

"내가 그런 거짓말도 못 알아챌 줄 아는 게냐? 그렇게 너를 모르는 것 같으냐!"

귀혁이 버럭 소리를 질렀다.

그 속에 담긴 감정을 느낀 형운의 표정이 일그러졌다. 우는지 웃는지 알 수 없게 된 형운이 떨리는 목소리로 말했다.

"사부님."

"말해다오. 제발……."

"누나를 잘 부탁드립니다."

"……."

순간 귀혁의 표정이 얼어붙었다. 그런 그에게 형운이 부탁했다.

"강해 보이지만 속은 여리고 약한 사람이에요. 분명 많이 아파할 겁니다. 미안하다고 전해주세요."

"…그것뿐이냐?"

"더 뭔가 전해야 할 것 같은데… 아무 말도 생각이 안 나네요."

하고 싶은 일이 많은 것 같았다. 지금부터 사흘 밤낮이라도 이야기할 수 있을 것 같은 기분이다.

그런데 정작 그 말이 무엇인지 모르겠다. 당장 전할 말이 생각나지 않았다.

울고 싶은 기분을 삼키며 형운이 귀혁을 바라보았다.

"사부님."

"말하거라."

"감사했습니다."

"뭐가 말이냐? 이런 때 아무것도 못 해주고 제자를 먼저 보내는 못난 스승한테 뭐가 감사하다는 거냐?"

"전부 다요."

"……."

"사부님과 만난 게 제 인생 최고의 행운이었어요. 그날 사부님이 제게 손 내밀어주시지 않았다면 전 아무것도 아니었을 거예요."

"어리석기는……. 그럴 리가 없지 않느냐?"

"아니요. 그랬을 겁니다. 그러니까 사부님은 못난 스승이 아니에요. 최고의 스승이지요. 반론은 안 받습니다. 왜냐하면 누가 뭐래도 그게 절대적인 진실이니까요."

"이 바보 같은 녀석아……."

끝내 귀혁의 목소리가 갈라졌다.

눈시울이 붉어진 그를 보며 형운은 신기할 정도로 마음이 평온해지는 것을 느꼈다. 조금 전까지 그를 사로잡고 있던 두려움과 절망이 눈 녹듯이 사라지는 것 같은 기분이었다.

"부디 만수무강하십시오."

형운은 의젓하게 웃으며 예를 표했다.

그리고 마침내 재창세가 끝났다.

종(終) : 우리가 없는 세계

성운을 먹는 자

1

그날, 흑영신교의 신화는 끝을 고했다.

온 세상 사람들이 그날의 일을 기억하고 있었다. 그들의 의식을 그대로 둔 채로 시간이 역행하며 죽은 자가 되살아나고 부서졌던 것들이 원래대로 돌아간 것은 그야말로 기적이라고밖에 할 수 없었다. 사람들은 모두 세상을 구한 기적의 과정을 기억했고, 그것이 한 사람이 흑영신교와 맞서 쟁취해 낸 것임을 알았다.

선풍권룡(旋風拳龍) 형운.

천하를 대표하는 열 명의 협객 중 하나로 손꼽혔으며 별의 수호자의 오성이라는 권좌에 오르기도 했던 자.

광기로 세상을 지배하려던 흑영신교의 야심은 이 젊은 영웅에 의해서 좌절되었다.

사람들은 기뻐했다. 세상이 위기에서 구원받았음을.

또한 사람들은 슬퍼했다. 세상을 구한 영웅이 너무나 젊은 나이에 세상을 떠난 것을.

흑영신교의 신화에 종지부를 찍은 선풍권룡 형운은 세상을 구하는 기적의 대가로 스스로의 목숨을 희생하고 말았다.

그리고 4년이 흘렀다.

2

하운국 황실을 수호하는 운룡족의 일원, 운희는 구름으로 이루어진 정원을 거닐고 있었다. 흙 대신에 구름이 펼쳐져 있고 그 위에서 구름이 뭉쳐 이루어진 짐승의 형상들이 돌아다니는 이곳은 하운국 황궁 위에 존재하는 운룡궁이었다.

그녀는 운룡궁 가장자리에서 지상의 한 지점을 굽어보았다. 천리안의 권능을 지닌 그녀는 이곳에서 나가지 않고도 원하는 곳이라면 어디든 볼 수 있었다.

운희는 하계의 인간들을 보며 미소 지었다.

그때였다.

"또 그 아이를 보고 있는 거요?"

구름정원을 가로질러 다가오는 것은 황제였다. 공무를 볼 때와 달리 비교적 편한 옷을 입은 그가 운희 옆에 서며 물었다.

"그 아이는 어떻소?"

"괜찮아 보이는구나."

"닷새 전에도 대답이 똑같았던 것 같소만."

"그때도 괜찮았고 지금도 괜찮으니 그렇다."

그 말에 황제가 웃음을 터뜨렸다.

"그렇구려. 마음 같아서는 당장에라도 황실로 데려오고 싶지만… 그래서는 안 되겠지. 운희 공은 어떻게 생각하시오?"

"……."

"대답해 주실 수 없는 것이오, 아니면 대답해 주시지 않는 것이오?"

"이 경우는 전자로구나. 내 마음이 네 선택에 영향을 끼칠 수도 있지 않으냐?"

"알고 있소. 그냥 해본 소리요."

황제가 껄껄 웃었다. 그러다가 한숨 섞인 목소리로 말했다.

"답답하구려. 무슨 말만 하면 제약이 걸리니. 물론 운희 공만 하겠소이까마는."

"알아주니 감격이구나."

운희는 눈곱만큼도 감격스럽지 않은 표정으로 말했다.

4년 전, 흑영신교의 신화가 끝난 그날 이후 많은 것이 변했다.

일반인들이 실감하는 변화는 그리 크지 않았다. 세상은 여전히 흑영신교주가 변화시키기 전의 진부한 모습을 간직하고 있었으니까.

하지만 그 속을 들여다보면 정말로 많은 변화가 있었다. 특히 중원삼국의 황족들은 그 사실을 뼈저리게 실감했다.

신과 인간 사이에 존재하는 운명의 거리가 크게 멀어졌기 때문이다.

이제 운룡족, 진조족, 풍혼족은 더 이상 현계에 자유롭게 내려갈 수 없었다. 그들이 현계에 내려가기 위해서는 예전과는 비교도 안 될 정도로 까다로운 조건이 충족되어야 했다.

황궁에 내려가는 것조차 불가능하며, 특별한 이유가 없다면 통신으로 이야기를 나눌 수도 없다. 인간과 만나기 위해서는 자격을 갖춘 인간들이 그들을 만나러 와줘야만 했다.

게다가 만난다고 해도 몇 가지 금기만 지키면 되었던 예전에 비해 훨씬 갑갑한 대화를 나누어야만 했다. 아주 많은 제약이 따라붙었기 때문이다.

'선풍권룡은 인간이 신의 품에서 벗어나 스스로 걷기를 바랐다.'

형운은 신들에게 현계에서 퇴장할 것을 명했다. 그러나 영원장벽의 진실과 그들이 갑작스럽게 사라질 경우 닥칠 혼돈을 우려하여 수십 년의 유예기간을 주었다.

그 유예기간이 끝나는 날이야말로 진정한 의미에서 신화시대가 끝나는 날이리라.

마침내 인류는 신화에서 독립하여 홀로서기를 시작해야만 한다.

'언젠가는 올 일이 앞당겨졌을 뿐이지.'

운희는 형운을 원망하지 않았다.

언젠가 닥쳐올 일이었다. 아이가 성장하여 부모의 품에서 독립하듯 인류가 신의 보살핌에서 독립하는 것 또한 순리이리라.

3

별의 수호자의 장로 원세윤은 성도의 탑 정상에 올랐다.

그곳은 출입이 엄격하게 통제되는 공간이었다. 하지만 그런 것치고는 입구를 지키는 경비가 존재하지 않는다. 심지어 문조차 존재하지 않고 투명하게 일렁거리는 빛의 가림막이 존재할 뿐이다.

왜냐하면 경비도, 문도 필요 없기 때문이다.

아무리 강한 무인도, 뛰어난 술사도 별의 수호자의 절차에 따라서 출입 자격을 얻지 못하면 이곳에 들어올 수 없었다.

〈별의 수호자의 장로 원세윤. 출입 자격 확인 완료.〉

빛의 가림막에 들어서는 순간 감정이라고는 티끌만큼도 느껴지지 않는 기묘한 목소리가 들려왔다.

출입할 때마다 거치는 절차는 그것으로 끝이었다.

하지만 원세윤은 그 절차를 통과하지 못하면 무슨 수단을 써도 이 안에 들어올 수 없다는 사실을 알고 있었다. 이미 별의 수호자는 갖가지 방법으로 실증을 마쳤으니까.

〈성혼좌를 개방합니다.〉

이곳은 과거 성존이 거하던 성혼좌가 변화한 공간이었다.

원세윤이 그 안에 발 디디는 순간 무한한 공간이 펼쳐졌다.

실로 아찔한 순간이다. 그녀가 발 디디고 있는 곳은 마치 수백 장 높이의 하늘 위처럼 보였기 때문이다.

분명히 바닥을 디디는 감촉이 느껴진다. 그런데 발밑으로는 성도의 탑을 중심으로 지상의 풍경이 펼쳐져 있었다.

이곳은 성도의 탑의 꼭대기 층에서 진입하지만 실제로는 건물 안이 아니다. 성운단의 봉인이 풀리고 재창세가 이루어지면서 계속해서 상승하던 성혼좌가 마지막으로 있었던 지점이다.

이곳에 출입하는 자들은 자신들이 보는 풍경이 대략 20리(약 8킬로미터) 정도 높이일 것이라 추측하고 있었다.

"오랜만이군, 원 장로."

원세윤은 선객이 있었음을 알아차렸다. 그리고 목소리의 주인을 향해 정중하게 인사했다.

"오랜만에 뵙는군요, 이 장로님."

별의 수호자 최고 실력자로 불리는 이정운 장로가 와 있었던 것이다.

두 사람이 마지막으로 만났던 것은 반년 전의 장로회 때였다. 그 후로 이 장로는 바깥 활동을 하지 않고 두문불출했기에 만날 수가 없었던 것이다.

그때의 장로회에서 이 장로는 그동안의 성과를 망라해서 발표했다.

강연진과 오연서의 뒤를 잇는 2차 천공지체들 4명이 완성되었고, 다음으로는 천공지체를 양산하기 위한 기반이라고 할 수 있는 천명신 연구로 넘어갈 차례였다.

이 시점에서 이 장로는 천공지체 연구에서 손을 떼겠다고 밝혔다. 앞으로의 연구는 자신이 빠져도 충분하다는 것이 그의 생각이었다.

그 발표 이후 반년 동안이나 두문불출했기에 사람들은 이 장로가 은퇴를 준비하고 있는지도 모른다고 수군거렸다.

"자네가 쓴 백운기심(白雲氣心) 논문은 흥미롭게 보았네."

"그걸 보셨습니까?"

원세윤이 놀랐다.

백운기심 연구는 그녀가 불과 닷새 전에 발표한 것이다. 그런데 두문불출하던 이 장로가 보았을 줄이야.

"조금 전까지 보고 있었다네."

이 장로가 그리 말하며 허공을 올려다보았다.

성혼좌의 바닥으로는 하늘과 그 아래 지상의 풍경이 펼쳐져 있다. 그러나 그 위는 현실의 하늘과는 달랐다.

끝을 알 수 없는 어둠이 성혼좌의 바닥 위를 감싸고 있었다.

하지만 정작 성혼좌는 전혀 어둡지 않으니 기이한 일이었다. 어둠 속에 빛으로 이루어진 무수한 문자들이 존재한다고는 해도 이렇게나 밝을 정도는 아니었다. 바깥과는 다른 법칙이 이 공간을 지배하는 게 틀림없었다.

그리고 그 빛의 문자들이야말로 성혼좌의 핵심이었다.

헤아릴 수 없을 정도로 많은, 최소한 수십억 단위에 달할 빛의 문자 중 일부가 이 장로의 머릿속으로 들어갔다. 그러자 이 장로의 눈앞에 종이에 보기 쉬운 글씨로 써진 논문이 나타났다.

바로 원세윤의 백운기심 논문이었다.

흑영신교 최후의 날, 별의 수호자는 성존을 잃었다.

이것은 별의 수호자에게 있어서는 치명적인 사건이었다.

이미 그들의 조직은 너무나 거대하다. 성존이라는 구심점이 없다면 국가 단위로 분열되어도 이상하지 않았다.

하지만 분열은 없었다. 그 이유 중에는 이곳 성혼좌가 큰 비중을 차지했다.

이 장소는 오로지 별의 수호자의 일원에게만 허락되는 기적이다. 별의 수호자의 일원으로서, 인간들의 기준이 아니라 성혼좌에 설정된 기준으로 공헌도를 일정 수준 이상으로 쌓지 않은 자는 절대로 출입 자격을 얻을 수 없었다.

이 성혼좌는 이 시대 인류의 힘으로는 구현할 수 없는 세 가지 기적을 제공한다.

첫 번째는 기록이다.

별의 수호자에서 공식적으로 기록되거나 발표된 모든 정보가 이곳에 있다. 연단술은 물론이고 모든 지식의 집대성이다.

이곳에 출입할 수 있는 자들은 그 방대한 자료들을 물리적인 서책처럼 찾느라 고생하지도 않는다. 머릿속에 떠올리거나 말로 특정한 단어를 조건으로 설정함으로써 자신이 원하는 자료를 찾아내는 것이 가능하다.

두 번째는 성도의 탑의 기능 활용이다.

성존이 사라졌는데도 별의 수호자는 오로지 그만이 만들어낼 수 있었던 일월성단 같은 대단히 특수한 비약을 이용할 수 있었다. 그 생산량은 극히 한정적이었지만 앞으로도 그것이 주어진다는 점은 대단히 큰 의미를 지닌다.

세 번째는 맹세의 힘이었다.

본래 별의 수호자의 연단술사들은 일정한 지위에 오르면 성도의 탑에서 성존에 대한 맹세 의식을 치렀다. 그 맹세의 내용은 신에 대한 충성이 아니라 연단술사로서 지켜야 할 상식과 도덕이었다.

그리고 그것은 신과의 서약이었다. 어겼을 때는 어떤 대가를 치를지 알 수 없는 강제성이 존재하는.

별의 수호자라는 조직의 순수성을 지키는 역할을 해온 이 규칙은 성존이 사라졌어도 여전히 유지되었다. 성혼좌가 그 역할을 물려받았기 때문이다.

"새삼스럽지만 형운, 그 아이는 우리에게 너무 큰 선물을 주고 간 것 같지 않은가?"

"예, 큰 선물이었지요. 너무나도 큰……."

원세윤이 쓴웃음을 지으며 동의했다.

이곳 성혼좌는 성운을 먹는 자가 된 형운이 별의 수호자에게 남겨준 유산이다.

형운은 성존이 사라져 주길 바랐다. 하지만 그가 사라질 경우에 커다란 혼돈이 닥쳐올 것이 뻔했기에, 그가 죽음이 아닌 다른 방식으로 역사에서 퇴장하도록 만들었다.

말하자면 이 성혼좌는 성존의 유해(遺骸)다.

숙원의 화신으로 살아가던 성존의 의지를 말살하고 그 권능만이 별의 수호자를 위해 기능하는 시설을 만들어낸 것이다. 고작 시설이라고 말하기에는 너무나 시대를 앞서가는 힘이었지만, 이 정도의 구심점이 없다면 별의 수호자가 분열되는 것은 필연이었다.

"귀혁이 그러더군. 형운은 새로운 시대로 가는 길을 열어 줬을 뿐이라고."

성존의 숙원이 이루어짐으로써 신화시대는 진정한 황혼을 맞이했다. 하지만 그 시대가 완전히 막을 내리기까지는 최소한 수십 년 이상의 시간이 걸릴 것이다.

원세윤이 말했다.

"그 시대가 완전히 저무는 순간 모든 것이 변할 겁니다. 그러니 우리는 새로운 시대가 언제 와도 상관없도록 철저하게 대비해야겠지요."

세계는 중원삼국의 인류가 상상하던 것보다 훨씬 더 넓었다.

이제까지는 신화시대의 잔재가 인류를 요람에 가둬두고 있었다. 하지만 신화시대의 울타리가 사라진다면 인류는 요람을 벗어나 바깥세상으로 확장해 갈 것이다.

원세윤은 그 과정이 순탄하리라 생각하지 않았다. 문명과 문명이 충돌할 것이고, 서로 다른 요람에서 자라난 인류는 서로에게 재앙이 될지도 모른다.

그러니 미리미리 최악의 경우를 상정하고 대비해야 한다.

문득 이 장로가 원세윤을 빤히 바라보았다. 원세윤이 당혹감을 느낄 때쯤 그가 감상에 젖은 목소리로 말했다.

"운중산은 아주 먼 미래를 꿈꾸고 있었지. 끊임없이 지금의 권력을 탐하면서도 언제나 먼 훗날을 바라보고 있었어."

"……."

"자네는 운중산을 많이 닮았군. 그 친구가 후계자는 제대로 키워냈어."

이 장로는 권력에 관심을 두지 않는 사람이었다. 연단술사로서 재능이 너무나 뛰어났기에 조직 내부의 정치를 무시하면서도 승승장구할 수 있었다.

하지만 젊은 시절에는 세상사에 관심이 없던 그도 나이가 들면서 자신이 운이 좋았다는 사실을 깨달았다. 만약 시대를 잘못 타고났다면 그의 천재적인 재능도 꽃피지 못하고 묻혔을지도 모른다.

그런 일은 꾸준히 벌어지고 있을 것이다. 그가 관심을 갖고 힘을 쓴다면 부조리의 피해자들을 구할 수 있을지도 모른다.

그러나 문제를 자각했다고 해서 사람의 천품이 쉽게 변하지는 않는 법이다. 이 장로는 좋은 의미로도 나쁜 의미로도 타고난 연구자였다. 자기 눈이 닿지 않는 곳에서 벌어지는 인간사에 관심을 갖기가 쉽지 않았다.

그래서 이 장로는 언제나 운 장로를 높이 평가했다.

운 장로는 이 장로가 결코 이룰 수 없는 위대함을 갖춘 인물이었다. 연구자로서도 정상을 노릴 정도로 뛰어나면서도 거기에 만족하지 않고 사람 사이에서 이상을 추구하는 그릇의 소유자.

그리고 운 장로가 심혈을 기울여 키워낸 원세윤은 그 후계자로서의 자격을 갖췄다.

이 장로가 말했다.

"백운지신은 확실히 그냥 묻어버리기에는 아까운 업적이었지."

흑영신교 최후의 날, 운벽성 지부에서 일어난 재난으로 인해 백운지신 연구는 동결되었다.

자연히 별의 수호자의 미래 사업은 천공지체로 결정되었다. 양쪽으로 나뉘었던 자원이 한쪽으로 집중되면서 천공지체 연구는 순조롭게 성과를 쌓아 올렸다.

원세윤 입장에서는 실로 뼈아픈 결과였다. 연구자로서도, 정치적으로도.

하지만 원세윤은 좌절하지 않았다.

그날 그녀의 정치적 생명이 끝장나지 않은 것은 모두 운 장로가 희생한 덕분이다.

훗날 이루어진 조사에서 흑영신교의 음모로 폭주한 양우전의 위험성은 과거 일월성신을 이루고 폭주했던 유명후와 필적했으리라는 결론이 나왔다.

만약 그때 운 장로가 스스로를 희생하여 사태를 봉합하지 않았다면 운벽성 지부가 있는 소도시 천모는 지도상에서 사라져 버렸을 수도 있다. 그랬다면 원세윤은 정치적으로 재기 불능의 타격을 입었으리라.

운 장로는 많은 사람의 목숨을 구했다. 그리고 원세윤에게 이루 말할 수 없을 정도로 큰 빚을 지우고 세상을 떠났다.

그러니 원세윤은 그 빚을 갚기 전까지는 결코 좌절해서는 안 되는 몸이었다.

운벽성 지부를 덮친 참화의 뒷수습을 한 그녀는 그 후로 백운지신 연구진의 경력을 살려주기 위해 노력했다.

백운지신 연구가 동결된 것은 연구진이 이룬 모든 성과가 묻혀 버릴 위기였다. 거기에 연구원들은 그 연구에 참가했다는 이유만으로도 앞길이 막막해질 수 있었다.

원세윤은 자신도 위태위태한 상황이었으면서도 그들을 버리지 않았다.

그녀는 2년에 걸쳐 노력한 끝에 장로회에서 운신단을 정식 성과로 인정받는 데 성공했다. 모두가 묻어버리고 싶어 했던 백운지신 연구 성과의 일부를 양지로 나오게 한 것이다.

그리고 그 후로 운 장로가 진행하던 몇몇 연구를 이어받아서 성과를 내는 한편, 백운지신 연구 성과를 하나라도 더 살려내기 위한 노력도 멈추지 않았다. 백운기심은 그 노력의 정수였다.

이 장로가 물었다.

"백운기심, 어떻게 진행해 볼 생각인가?"

"아직은 이론을 정립했을 뿐입니다. 장로회를 설득하려면 시간이 많이 필요하겠지요. 설득할 수 있을지도 장담할 수 없고요."

아무리 뛰어난 이론도 실증을 거치기 전까지는 제대로 된 가치를 가질 수 없다. 그리고 백운기심을 실제로 구현하려면 대규모의 투자가 필요하다. 장로라고 해도 장로회 승인 없이 단독으로 진행할 수는 없을 정도로.

"내가 함께 연구하자고 하면 받아들이겠나?"

"예?"

생각지도 못한 제안에 원세윤이 깜짝 놀랐다.

이 장로가 진지한 표정으로 말을 이었다.

"장기적으로 천공지체와 백운지신은 통합될 수 있었을 걸세. 천공지체로 시작해서 백운지신의 능력을 더하거나 혹은 그 반대가 가능했겠지. 아마 자네도 비슷하게 생각했을 거라고 짐작하네만, 어떤가?"

"예, 이 장로님도 그러셨군요."

"역시 그랬군. 양산과는 별개로 천공지체의 다음 단계를 위해서는 백운지신이 필요하네. 하지만 이제 와서 백운지신을 고스란히 다시 끄집어내는 것은 무리지."

원세윤은 백운지신의 폭주 원인을 외부에서 간섭할 수 있었던 통로로 추측했다.

하지만 그 추측이 정답인지 확인하기 위해서 다시 백운지신을 만들어낼 수는 없다. 이미 돌이킬 수 없을 정도로 큰 사고가 터져 버렸으니까.

"원래 나는 음공원주가 발표한 가연국의 영신단 연구를 접목할 방법을 고심하고 있었네. 하지만 자네의 논문을 보니 백운기심 쪽이 훨씬 접근성이 뛰어난 해법이 될 것 같군. 이 발상은 혹시 형운에게서 얻은 건가?"

"귀신같으시군요. 그렇습니다."

원세윤이 쓴웃음을 지었다.

백운기심은 백운지신 연구와 인공 기심 연구의 융합이었다. 그러나 그 발상의 근본은 형운의 빙백기심이었던 것이다.

백운지신을 다시 만드는 것은 무리다. 그러나 백운지신의 능력을 발휘하는 기심을 만들 수 있다면 어떨까?

천공지체가 백운기심을 가진다면 그것이야말로 전설의 두 신체가 한 몸에 구현되는 것이다.

"어쨌든 나는 자네와 함께 이걸 연구해 보고 싶네. 그러면 장로회를 설득하는 것도 좀 수월해지지 않을까 싶지만… 물론 자네도 입장이 있으니 쉽게 받아들일 수는 없겠지. 당분간 생각해 보고 연락해 주게."

"아닙니다. 받아들이지요."

"진심인가?"

설마 원세윤이 곧바로 받아들일 거라고는 생각지 못했기에 이 장로는 놀랐다.

"예, 조만간 장로회를 소집하겠습니다. 그 전에 일단 연구원들을 모으는 작업을 시작하지요."

"알겠네."

"그럼 저는 필요한 자료들이 있어서 이만 실례하겠습니다. 조만간 한번 찾아뵙지요."

빛의 글자들 사이로 걸어가는 원세윤의 뒷모습을 바라보던 이 장로는 운 장로의 유언을 떠올렸다.

4년 전, 원세윤은 형운을 통해 들은 운 장로의 유언을 전해 주면서 그를 똑바로 바라보고 있었다. 반드시 그 유언을 이뤄내고야 말겠다는 듯이.

"운중산, 이 친구야. 정말 무서운 후계자를 키웠구먼. 하지만 나도 져줄 생각은 없으니 끝까지 지켜봐 주게나."

이 장로는 그렇게 중얼거리며 미소 지었다.

4

별의 수호자의 화성 하성지는 중요한 손님을 만나고 있었다.

여성으로서는 무척 큰 키에 탄탄하게 단련된 몸을 지닌 젊은 여성이었다. 겉으로 보면 젊은 무인으로 보이지만 하성지는 그녀가 자신보다 훨씬 나이 많은 존재임을 알고 있었다.

그녀의 정체는 하운국의 영수 사회에서 손꼽히는 영향력을 자랑하는 수련산의 남방산군(南方山君) 허화였다. 형운을 통해 영수상회와 거래를 튼 그녀가 중요한 거래를 위해서 위진국 본단까지 먼 길을 왔던 것이다.

별의 수호자의 주요 사업들은 거의 다 하운국 총단을 중심으로 이루어진다. 하지만 단 한 가지, 영수상회에 대해서만은 위진국 본단이 완벽하게 주도권을 쥐고 있었다.

이 실적을 바탕으로 하성지는 총단에 위진국 본단에 또 한 명의 장로를 두는 일을 추진하는 중이다.

"엄청난 물량을 원하시는군요."

허화의 주문을 들은 하성지가 놀랐다.

그동안 영수상회의 사업 규모는 꾸준히 성장했다. 하지만 아직까지는 위진국 내부에서 대부분의 물량을 소화했고 하운국의 수련산과 백령회만이 제한적인 거래를 트고 있는 상황이었다.

그런데 이번에 허화가 직접 와서 요구한 물량은 지금까지와는 비교도 할 수 없을 정도로 대규모였다.

허화가 말했다.

"하운국 사정은 이미 알고 계시겠지."

"암천동맹 때문입니까?"

흑영신교가 멸망했다고 해서 하운국의 운명을 위협하는 재앙이 모두 사라진 것은 아니었다.

그날 전국 각지에서 성대하게 날뛰었던 암천동맹은 그 후로도 꾸준히 유혈 사태를 일으키고 있었다.

암천동맹의 마인들은 종전까지 사람들이 알고 있던 마인과는 다르다. 그들은 암천동맹이라는 영적 질병에 전염되어 탄생하는 요괴나 마찬가지였다.

그리고 시간이 지나면서 암천동맹은 보다 강하고 교묘해져 가고 있었다. 이제는 영수 사회도 그들을 재앙으로 인식하고 뭉치는 중이다.

"놈들은 크나큰 골칫거리지만 그것만은 아니다. 화성님, 당신이라면 천두산의 상황에 대해서도 알고 있을 텐데?"

"어느 정도는 알고 있습니다. 하지만 당장의 위협은 아닐 터."

"터지기 전에 충분한 힘을 갖춰야 한다. 터진 후에는 늦어."

영수들은 인간보다 장수하는 대신 성장이 늦다. 그들이 영격을 높이기란 쉬운 일이 아니다.

그렇기에 허화는 미래를 준비해야 한다는 강박에 시달렸다.

흑영신교 최후의 날 이후, 천두산의 결계가 약해지기 시작했다.

그 또한 신화시대의 끝이 다가오는 증거였다.

흑영신교가 일으킨 천두산의 마계화 사태 이후로 그 주변에는 재앙이 들끓고 있었다. 그런데 이제는 결계가 약화되고 있으니 앞으로 어떤 사태가 닥쳐올지 몰랐다.

하지만 결계가 약화되는 것과 동시에 천두산의 재앙 또한 약화되는 모습을 보이고 있었다. 결계 안쪽, 천두산에 열려 있던 마계로 통하는 문이 닫혀가고 있음이 확인되었던 것이다.

하성지는 곰곰이 생각한 후에 대답했다.

"유감이지만 이 요구 물량을 다 채워 드릴 수는 없습니다. 이미 주문받은 물량을 소화하는 것만으로도 벅차니까요. 팔고 싶어도 팔 물건이 없습니다."

"역시 그런가……."

허화가 탄식했다. 하지만 그녀는 이런 사태를 예상하고 있었다.

"하지만 영수상회의 거래량은 계속 증가 중인 걸로 알고 있다. 앞으로 생산량을 늘리면 우리 쪽에 우선적으로 팔아주지 않겠는가?"

"그건 최대한 신경 써드리겠습니다."

"고맙다."

허화와 이야기를 끝낸 하성지는 집무실로 돌아왔다.

그곳에는 그녀의 제자이자 위진국의 척마대주인 아윤이 있었다. 한동안 척마대 일로 나가 있다가 돌아온 그가 하성지에게 인사를 올리고는 곧바로 말했다.

"장로님은 성혼좌에 가셨습니다."

"물어보지 않았다."

"에이, 궁금하셨으면서 왜 그러십니까."

능글맞게 웃는 아윤에게 하성지가 뚱한 표정을 지었다.

아윤이 말한 장로는 하성지의 남편이다.

성혼좌로 통하는 문은 하운국 총단에만 존재하는 것이 아
니다. 위진국 본단과 풍령국 본단에도 하나씩 존재하고 있으
며, 장로회의 허가가 떨어지면 추가적으로 늘리는 것도 가능
했다. 자격 있는 자는 삼국 어디에서나 이 지식의 성지를 이
용할 수 있는 것이다.

이것으로 하운국 총단과 다른 두 나라의 본단 간의 격차가
조금 더 좁혀졌다고 할 수 있으리라. 하성지는 이 또한 형운
의 안배임을 추측했기에 크게 감사하고 있었다.

"갔던 일은 잘 처리했느냐?"

"예, 하지만 백사왕은 결국 놓쳤습니다. 그만큼 준비를 했
는데도……."

일 이야기가 나오자 아윤이 장난기를 지우고 진지하게 말
했다.

과거 위진국에는 민간의 흉흉한 괴담처럼 떠돌고 있는 오
흉마라는 존재가 있었다. 그러나 그중 둘은 세상에서 지워졌
고, 세월이 흐르며 새로운 존재가 한 자리를 채우면서 이제는
사흉(四凶)이라 불린다.

이번에 아윤이 척마대주로서 맞서 싸운 것은 오흥마 시절부터 그 일각을 차지하고 있던 흑요상단(黑妖商團)이었다. 암흑가의 인간들과 거래하여 혼란을 일으키던 흑요상단의 간부 백사왕을 잡고자 황실과 협동작전을 펼쳤으나 놓치고 말았던 것이다.

"백사왕은 직접 싸우는 일이 극히 드물어서 전투 능력이 어느 정도인지도 제대로 파악되지 않았지. 이번에는 어땠느냐?"

"포위망을 힘으로 뚫고 나갔습니다. 피해가 꽤 컸습니다."

"힘으로? 그럼 설마……."

"대요괴입니다. 확실합니다."

"…생각보다 더 위험한 놈이었군."

대요괴는 움직이는 재해와도 같은 존재다. 아무리 아윤의 무력이 뛰어나다 해도 일대일로는 대적할 수 없다고 봐야 할 것이다.

올해로 서른여덟 살이 된 아윤은 작년에 심상경의 고수가 되면서 그를 후계자로 점찍은 하성지의 안목을 증명했다. 그리고 척마대주로 활동하면서 꾸준히 명성이 높아져서 위진국에서는 모르는 이가 없었으나 일존구객은 되지 못했다.

이유는 간단했다. 그의 명성이 그 수준까지 높아지기 전에 이미 일존구객의 빈자리가 다 차버렸기 때문이다.

작년에 심상경의 실마리를 잡은 아윤은 대외적인 활동을 접고 반년 넘게 수련에만 매진했다. 그리고 심상경의 고수가 되어 복직하고 나니 일존구객 열 명의 명단이 만인이 인정하는 이름들로 꽉 차버렸던 것이다.

'젠장! 천하십대협객의 자리조차도 선수필승이라니 더러운 세상!'

…어쨌거나 이대로 계속 실적을 쌓는다면 분명 하성지의 뒤를 이어서 오성의 권좌를 넘볼 만할 것이다.

하지만 이제부터 그가 가야 할 길은 생각보다 험난할 모양이다.

"우도귀(雨刀鬼)도 놈들의 수작으로 탄생한 것으로 추정되는 상황이거늘……."

우도귀는 3년 전부터 새롭게 두각을 드러내면서 사흉의 일각을 차지한 괴물이다. 일인군단이라 불리는 대요괴라 위진국 황실에서도 골머리를 썩고 있었다.

그리고 별의 수호자는 이 우도귀의 탄생 배경이 흑요상단의 음모임을 거의 확신하고 있는 중이다.

"그런데 놈이 묘한 소리를 했습니다."

"무슨 소리?"

"이런 이야기였습니다."

'눈앞의 적만 보느라 균형을 보지 못하는 어리석은 인간들 같으니. 암천동맹이 이 땅에 들어오는 것을 누가 막고 있는지도 모르는구나, 쯧쯧.'

하성지가 눈살을 찌푸렸다.

"마치 자기들이 위진국의 방벽이 되어 암천동맹의 진출을 막기라도 하는 것처럼 말하는군. 잡아 족쳐서 알고 있는 것을 토해내게 할 필요성이 느껴지는데……."

"당분간은 쥐 죽은 듯이 숨어 있을 것 같으니 문제지요."

"골치 아프구나. 이게 다 네가 부족한 탓이다."

"네? 아니, 왜 결론이 이상하게 됩니까?"

"네가 그놈을 잡아 족쳤으면 이렇게 꺼림칙해할 일도 없지 않느냐?"

"……."

"나도 슬슬 귀혁 그 양반처럼 은퇴하고 싶은데 네 하는 꼬락서니를 보니 죽을 때까지 화성으로 일해야 할지도 모르겠구나."

하성지가 혀를 끌끌 찼다.

그러자 억울한 표정을 짓고 있던 아윤이 피식 웃었다.

"사부님이 잘도 은퇴해서 유유자적하시겠습니다. 사부님은 중증의 일중독이시라구요. 은퇴하면 아마 하루도 못 버티시고 다시 달려와서 일 내놓으라고 하실 게 분명합니다. 그냥 포기하시고 평생 저를 위해 앞길을 닦아주십… 커억!"

하성지가 격공의 기로 아윤의 머리통을 후려갈겼다. 그리고 싸늘한 눈으로 아윤을 노려보며 말했다.

"네가 내 일거리를 늘려주는구나. 너무너무 바빠서 시간 내기 힘들지만 그래도 오랜만에 본격적으로 제자의 실력을 점검하고 지도해 줘야겠다. 수련장으로 따라오거라."

"……."

입 한번 잘못 놀렸다 재액을 부른 아윤이 식은땀을 흘렸다.

5

한때 수많은 피를 흘리고 혼란에 빠졌던 청해군도의 정세는 어느 정도 안정되었다. 작은 분쟁은 있을지언정 그때처럼 크나큰 싸움이 일어나는 일은 없이 새로운 균형이 완성되어 가고 있었다.

하지만 그 속에도 변화는 있다.

흑영신교 최후의 날에 일어난 변화는 청해군도에도 큰 영향을 끼쳤다.

그들은 암해의 신의 봉인을 지켜야 하는 의무를 지고 있었다. 과거 형운의 활약으로 그들이 의무를 다해야 할 기간이

500년은 줄어들었다. 하지만 그럼에도 여전히 까마득한 세월이 남아 있었다.

그런데 그 세월이 이제 불과 수십 년으로 줄어들어 버렸다.

형운에 의해 모든 신이 현계에서 퇴장당할 운명이 처했고 암해의 신 역시 예외가 아니었기 때문이다.

청해궁의 영수들은 형운에게 깊이 감사하고 그의 희생을 애도했다.

어쨌거나 아직까지 청해궁은 의무에 묶여 있었고, 청해군도에는 새로운 외부의 위협이 찾아오고 있었다.

"온다! 좌현 전속!"

"우현 전속! 해룡궁사들, 재주껏 마구 쏴!"

청해용왕대는 먼 바다에서 전투를 치르고 있었다.

그들의 배가 저편에서 거센 파도를 일으키며 다가오는 상어 괴물의 무리를 피해 좌우로 갈라진다. 배가 쓰러질 듯이 기우는 와중에도 궁사들이 해룡시로 일제사격을 가했다.

퍼퍼퍼퍼펑!

화살의 궤적을 따라서 광풍이 휘몰아쳤다.

바다를 가르며 달려들던 상어 요괴들이 거기에 맞고 피를 흩뿌린다. 하지만 그들은 주춤하기는커녕 더욱 거센 기세로 달려들기 시작했다.

"제길! 각도가 안 나와!"

"따라잡히겠다! 근접전 대비해!"

좌우로 갈라진 배가 전속력으로 선회하는 도중이라 궁사들도 위치를 바꾸기 쉽지 않았다.

그때였다.

"시간을 벌어주지! 태세를 바로잡으시게들!"

체구가 작은 초로의 검객이 유쾌한 어조로 말했다. 그러더니 전속력으로 선회하는 배에서 바다를 향해 뛰어내리는 게 아닌가?

"이런."

그러자 돛대에 달라붙어 있던 체격이 좋은 노인이 당혹감을 드러냈다. 하지만 그것도 잠시, 돛대를 박차고 새처럼 날아올라서 초로의 검객 뒤를 따르는 게 아닌가?

"어디 영원장벽에서 왔다는 요괴들 실력 좀 볼까?"

수상비로 바다 위를 질주하는 초로의 검객은 일존구객의 일원, 백무검룡 홍자겸이었다.

파하하하학!

열 개의 기검을 수족처럼 다루는 만검문의 절기, 십검(十劍)이 상어 요괴들을 덮쳐 피 보라를 일으켰다.

파각!

하지만 선두의 세 마리를 베어버린 기검이 네 개의 팔을 지닌 상어 요괴에 의해 막히는 게 아닌가?

"호오!"

─인간! 먹이 주제에 주제를 모르는구나!

팔다리를 지닌 상어 요괴의 덩치는 홍자겸의 열 배는 더 컸다. 상어 요괴가 눈을 부라리자 주변에서 날뛰던 물방울들이 한데 뭉쳐서 날카로운 수류로 화했다.

촤아아아아!

강력한 요기가 실린 그 수류는 홍자겸의 기검들을 세 개나 부수고 옆을 스쳐 갔다.

"이크! 위험한 재주군그래!"

직격당했다가는 경기공이고 호신장막이고 한 번에 꿰뚫렸을 위력이었다.

쉬쉬쉬쉬쉭!

그리고 주변의 상어 요괴들이 그를 향해 닿으면 폭발하는 수구(水毬)와 검기보다도 날카로운 수류 공격을 날려댄다.

"으허헉!"

홍자겸이 정신없이 그 공격을 피하고 흘렸다.

아무리 그가 고수라지만 바다는 적이 압도적으로 유리한 전장이었다. 게다가 상어 요괴들은 하나하나가 전부 다 고위 요괴들인데 그 수가 70마리에 달했다.

정신없는 공방 속에서 몸이 젖은 홍자겸의 수상비가 어지러워질 때였다.

"뒤로 뛰시게!"

머리 위에서 사자후가 울려 퍼졌다. 홍자겸이 거의 반사적으로 뒤로 몸을 날리는 순간…….

—해룡검무(海龍劍舞)!

하늘 위에서 발한 심검(心劍)이 바다에 내리꽂혔다.

콰아아아아아!

그리고 반경 수십 장의 수면이 폭발하면서 장대한 물보라가 상어 요괴들을 집어삼켰다.

"오오! 대단하군!"

폭발하는 물보라의 힘을 자연체로 이용, 날듯이 후퇴한 홍자겸이 감탄했다. 그러자 심검을 발해 그를 구한 노인이 혀를 끌끌 찼다.

"거 일존구객씩이나 되는 양반이 왜 그리 생각이 없으신가? 상황 좀 보고 뛰어들게."

"자네를 믿은 게지. 과연 바다 위에서는 용무문의 무공이 최고라고 큰소리 뻥뻥 칠 만하구만."

"이런 급박한 상황에서 꼭 나를 놀려먹어야겠나?"

홍자겸에게 눈을 부라리는 노인은 용무문의 장로인 청룡검 임두호였다.

임두호는 흑영신교 최후의 날 이후 세상을 두루 여행하며 자신의 무공에 활기를 불어넣겠다는 목적으로 사문을 떠났다.

사문의 살아 있는 무공 비급 역할은 사저인 해화검 천봉희가 있었다. 그리고 또 그와 천봉희 둘이서 죽어라 굴린 보람이 있어서 사제인 해풍검호 서장오도 실력이 많이 늘었기에 홀가분한 마음으로 강호행을 떠날 수 있었던 것이다.

1년 반에 걸쳐 고국인 하운국을 돌아본 임두호는 생전 처음 국경을 넘어 위진국으로 넘어왔다.

그리고 위진국을 방랑하던 도중 만검문과 어깨를 나란히 하고 싸울 일이 있었는데, 그 일에서 백무검룡 홍자겸과 죽이 맞아서 한동안 매일 치고받으면서 무예를 연마했다. 그러다가 홍자겸의 제안으로 청해군도로 오게 되었던 것이다.

그리고 임두호는 바다의 싸움에서는 용무문의 무공이 최고라는 신념으로 청해용왕 진본해에게 비무를 신청했다가 변명의 여지가 없는 참패를 당하고 말았다. 홍자겸은 그 일로 임두호를 놀려먹고 있는 것이다.

임두호가 혀를 차며 말했다.

"온다."

"그걸 맞고도 다들 팔팔하군!"

"요괴 놈들이라 튼튼해, 쯧!"

가라앉는 물보라를 뚫고 상어 요괴들이 질주해 왔다. 두 노검객이 그들과 맞서서 격전을 벌일 때였다.

"두 분 다 물러나세요!"

진기가 실린 양진아의 외침이 폭음을 뚫고 울려 퍼졌다.

홍자겸과 임두호가 후퇴하는 순간, 태세를 정비한 궁사들이 사격을 시작했고······.

—무극해룡시(無極海龍矢)!

청해용왕 진본해와 그 후계자로 불리는 양진아가 발한 심궁(心弓) 사격이 상어 요괴들을 관통했다.

고위 요괴들인 만큼 절대적인 파괴의 심상으로 기화시키는 것은 좋은 선택이 못 된다. 그러나 바다 요괴, 마수들과 수도 없이 싸워온 두 사람은 그들에게 효율적으로 통용되는 심상을 구축하고 있었다.

—크악!

상어 요괴들의 비명이 울려 퍼졌다.

그 후로도 전투는 한식경 가까이 이어졌지만 청해용왕대는 큰 피해 없이 전투를 승리로 끝낼 수 있었다. 그들은 분석을 위해 죽은 요괴들의 시체를 모으기 시작했다.

진본해가 눈살을 찌푸렸다.

"어째 새로 나타나는 놈들마다 더 강해지는 것 같군."

흑영신교 최후의 날 이후 청해군도에 찾아온 변화는 좋은 것만 있지는 않았다.

동쪽의 먼 바다 저편, 영원장벽으로부터 강력한 괴물들이 발생해서 청해군도를 노리기 시작한 것이다.

처음에는 덩치가 거대하고 강력한 개체가 단독으로 출현했다. 2년 전에는 대요괴가 오기도 했었다.

하지만 오는 놈마다 차례차례 격파하는 동안 점차 변화가 일어났다. 크고 강력한 하나보다는 비교적 약한 것들이 무리를 지어서 몰려왔던 것이다.

청해용왕대를 비롯한 청해군도의 세력은 이들 영원장벽으로부터의 침략자들을 차례차례 격파했다. 하지만 그들 중 일부는 요마군도 쪽에 침투하는 데 성공, 요마군도의 기존 세력과 분쟁을 벌이고 있었다.

양진아도 동의했다.

"이번에는 대요괴는 없었지만 대신 개체 하나하나가 강했지요. 좀 더 본격적으로 대책을 세울 필요가 있어요."

"다음 대회의가 잘되었으면 좋겠다만……."

청해용왕대는 그동안 양진아 주도로 많은 노력을 기울여서 청해군도의 모든 세력이 모이는 대회의를 개최하는 데 성공했다.

영원장벽으로부터의 침략자들은 청해군도 모두가 힘을 합쳐 대응해야만 하는 문제다. 다들 그런 문제의식에 동의했지만 그럼에도 그들 사이에 많은 피가 흘렀기에 공동전선을 구축하기는 쉽지 않았다.

"일단은 영원장벽에서 오는 요괴들의 정체가 무엇이고 왜 청해군도를 노리는지부터 알아내지 않으면⋯⋯."

양진아와 진본해가 한창 대화를 나누고 있을 때, 홍자겸과 임두호가 그들이 있는 기함으로 올라왔다.

진본해가 공치사를 건넸다.

"두 분 아주 적절한 순간에 활약해 주셨소. 덕분에 피해 없이 끝났군."

"이 정도면 밥값은 한 것 같소?"

임두호가 삐딱하게 물었다.

이번 전투에 참가한 이유가 벌써 3개월째 식객으로 머무르고 두 사람에게 진본해가 밥값 좀 하라면서 구박해서였기 때문이다. 물론 진본해는 농담으로 한 소리였지만 두 사람은 기다렸다는 듯이 전투선에 올라 먼 바다로 나왔다.

진본해가 껄껄 웃었다.

"물론이오. 밥값은 하고도 남았지."

"그럼 또 시간 좀 내주시지 않겠소?"

임두호는 첫 비무에서 패배한 후로도 몇 번이나 진본해에게 도전했다. 한 번도 이기지 못했지만 그럼에도 이런 고수와 겨뤄볼 수 있다는 사실이 의욕에 불을 붙였다.

"미안하지만 오늘은 힘들겠군. 진아하고 나는 청해궁에 내려가 봐야 해서 말이오. 대신 내 제자들과 놀아주시지 않겠소?"

"아쉽군. 그러도록 하겠소."

"며칠 안에 꼭 시간을 내리다."

진본해가 빙긋 웃었다. 그도 무인으로서 홍자겸, 임두호와 교류하는 것을 즐거워했기에 비무 요구에 적극적으로 응해주고 있었다.

양진아는 어른들이 이야기하는 자리에서 슬쩍 물러나서 선미에 올랐다.

수평선 너머를 바라보는데 문득 다가오는 인기척이 느껴졌다.

"아이고, 사부님께서 내게 시련을 주시는구만."

양진아의 옆에 서서 너스레를 떠는 것은 진본해의 넷째 제자 배안이었다.

그는 암해의 신 사태에서 살아남은 사제들 중에 무인으로서의 기량은 가장 처진다. 하지만 그가 부족해서라기보다는 양진아와 가돈의 실력이 비상식적으로 뛰어나서였다.

하지만 대신 배안에게는 두 사람에게는 없는 장점이 있었다.

무공을 이론화하여 연구하는 무학자로서의 자질이었다.

청해용왕대의 무공은 대체로 사람에게서 사람에게로, 구전으로 전수되어 왔기에 이론화 측면에서 취약한 모습을 보였다. 배안은 그런 부분을 메꾸기 위해 노력하고 있었다.

양진아가 그를 보며 웃었다.

"자기도 참. 약한 소리는 왜 해? 오히려 좋은 기회라고 눈을 빛내야지."

"와, 당신 너무하는구만. 외부인 노괴들한테 낭군님이 두들겨 맞게 생겼는데 그렇게 말하기야?"

두 사람은 3년 반 전쯤에 혼인식을 올리고 부부가 되었다.

본래 양진아는 혼인에 대해서 아무 생각이 없었지만 진본해의 후계자로 지목되면서 생각이 달라졌다. 앞으로의 일을 생각하면 청해궁의 왕족인 자신의 혈통이 청해용왕대에 있는 것이 좋다는 생각이 들었던 것이다.

물론 이유는 그것만은 아니었지만, 어쨌든 혼인을 결심한 양진아는 사형제 중에 나이 차도 적고 어려서부터 마음이 맞았던 배안을 상대로 선택하고 마음을 고백했다. 배안은 양진아답게 저돌적이기까지 한 태도에 조금 당혹스러워하면서도 그녀의 마음을 받아들였다.

"애들 많이 보고 와. 나는 노인네들한테 두들겨 맞고 있을 테니."

"에이, 삐지기는."

양진아가 배안의 옆구리를 쿡쿡 찌르며 웃었다.

두 사람은 혼인 후 1년이 지났을 때 아들딸 쌍둥이를 얻었다.

아이들의 핏줄이 범상치 않았기에 양육하는 방식도 독특했다. 첫 생일이 지난 후로는 지상과 청해궁을 3개월 단위로 왕복하면서 인간과 바다영수, 양쪽의 손길로 보살피고 있었던 것이다. 그들의 혈통에 잠재된 힘을 안정적으로 다스리기 위한 조치였다.

한참 부루퉁해져 있던 배안은 한숨을 쉬었다.

"하여튼 요즘 들어서 일이 너무 많아. 차분하게 그분이 가르쳐 주신 대로 정리하고 싶은데 말이지."

"3년이나 지났는데 아직도 '정리' 단계야?"

"아무도 정리를 안 했으니까. 얼마나 엄청난 양인 줄 알면서 그런 소리를 해?"

"그래도 지금쯤이면 끝났을 줄 알았지."

"어림도 없어. 아직 분류도 다 안 끝났다구. 귀혁 선생님이 가르쳐 주신 것들도 대단히 기본적인 원칙이고 세부적으로는 우리만의 방식을 찾아나가야 하는데… 내 평생 매달려도 할 수 있을지 모르겠군."

배안이 고개를 절레절레 저었다.

3년 전쯤 귀혁이 한 명의 동행인과 함께 청해군도를 방문했다. 청해궁에 볼일이 있어서였다.

당시 귀혁은 청해용왕대에서 한 달 정도 머물렀다. 그리고 그동안 무학자로서의 자질을 지닌 배안을 좋게 보고 그에게 앞으로 청해용왕대의 무공을 보다 전문적으로 이론화하고 연구하기 위해 해야 할 일들을 가르쳐 주었던 것이다.

배안은 그때의 가르침에 감격하여 존경의 의미를 담아 그를 선생님이라고 부르고 있었다.

"사부나 제자나 참 배포가 큰 사람들이야. 먼 이국의 타인들에게 참 많은 걸 해주었어."

양진아는 먼 바다를 바라보며 한 사람을 생각했다. 청해군도에 영원히 잊을 수 없는 은인으로 남을 청년을.

그녀는 진심을 담아 소망했다.

"꼭 그분이 뜻하시는 바를 이뤘으면 좋겠네."

6

별의 수호자의 풍령국 조직을 총괄하는 것은 지성 위지혁이었다.

그가 풍령국 본단에 부임한 지도 벌써 5년이 지났다. 이제는 조직을 완전히 장악하고 이런저런 새로운 사업들을 벌이고 있는 중이다.

그런 그의 앞에 한 사람이 보고를 위해서 와 있었다.

"수고했네, 호 대주."

보고를 들은 위지혁이 상대의 노고를 치하했다.

풍령국의 척마대주는 오랫동안 하운국의 척마대에서 부대주로 경력을 쌓은 호용아였다.

기술의 발전으로 흑검대원들에게 가해졌던 성장 제한이 풀리자 그녀는 눈부시게 발전했다. 지금은 별의 수호자 풍령국 조직에서는 손꼽히는 실력자가 되었으며, 무인으로서는 위지혁의 오른팔이나 다름없었다.

문득 위지혁이 조심스러운 말투로 물었다.

"시량이에 대해서는… 어떻게 생각하나?"

그의 첫째 제자인 군시량은 반년 전에 척마대 부대주로 취임했다. 그리고 지금까지 세 번의 임무를 수행했으며, 이번에도 호용아를 따라서 중요한 임무에 참가했다.

"실력이 있습니다."

"솔직한 대답을 원하네."

"시야가 좁습니다. 한 사람의 무인으로서는 나이에 비해 뛰어난 실력을 갖췄습니다만 지휘관으로서는 아직도 미숙합니다. 그리고… 부관의 말을 귀담아듣지 않습니다."

호용아는 위지혁의 성격을 잘 알았기에 가감 없는 사실을 말해주었다.

위지혁이 한숨을 쉬었다.

"제자 농사가 정말 쉽지 않군. 이제는 사부님이 나 때문에 얼마나 속을 썩이셨을지 알 것 같아."

그는 현재 두 명의 제자를 두고 있었다. 그들을 지도하면서 느끼는 것은 정말 제자 키우는 일은 어렵다는 것이다. 뭘 해도 쉬운 일이 없었다.

특히 첫째 제자 군시량은 언제나 그의 골칫거리였다.

무인으로서는 자질이 있었지만 성격이 오만하고 남의 말을 귀담아듣지 않았다. 어려서부터 그랬고 지금도 그랬다. 척마대 부대주로 취임한 후로도 영 평판이 좋지 못한 상황이었다.

그러면서도 또 사부인 위지혁 앞에서는 늘 순한 양처럼 깍듯하게 구는 게 문제다. 평판이 좋지 않긴 하지만 그걸 구실로 야단치자니 또 결정적인 빌미는 절대 안 만든다.

위지혁이 고개를 절레절레 젓더니 말했다.

"시량이하고는 내가 이야기를 좀 해봐야겠군."

"제가 말했다고는 하지 말아주시지요. 괜히 미움받기 싫습니다. 군 부대주는 오래 담아둘 성격 같아서요."

"시량이가 그렇게까지 속이 좁은가?"

"네. 둘째 공자 견제하는 거 보면 모르십니까?"

"……."

군시량이 일곱 살이나 차이 나는 사제를 노골적으로 견제하고 있다는 것은 그도 알고 있었다. 군시량은 자기 행동이 은밀하다고 생각하지만 그의 주변 사람들이 모두 위지혁의 눈과 귀이기 때문이다.

"그 이야기는 이쯤 하지. 그리고 이번 일이 예상치 않게 길어졌으니 윤극성으로 가는 일에서는 빠지고 휴가나 즐기도록 하게."

"배려에 감사드립니다."

"그리고 하운국 쪽 소식은 들었나? 운벽성 지부 재건이 끝나간다더군. 곧 재가동한다고 하네."

그 말에 호용아가 움찔했다.

흑영신교 최후의 날, 별의 수호자 운벽성 지부를 박살 낸 참화는 그녀에게도 죽을 때까지 잊을 수 없는 상처를 남겼다.

그녀의 은인인 운 장로가 참화가 운벽성 지부 밖으로 확산되는 것을 막아내기 위해 자신을 희생했고, 그 성장을 지켜보며 정이 들었던 양우전이 백운지신의 폭주로 사망하고 말았으니까.

"…그렇군요."

"올해 말에 제자들을 데리고 총단에 갈 예정인데, 같이 가겠나?"

"아니요, 저는 괜찮습니다."

호용아가 고개를 저었다.

그녀는 원래부터 풍령국 출신이었고 지금은 가족도 모두

풍령국 본단에 있다. 하운국 총단으로 진출해서 요직에 오르고자 하는 야심도 없었기에 꼭 그래야 하는 사정이 없다면 굳이 아픈 기억을 떠올리게 하는 하운국에 가고 싶지 않았다.

"알겠네. 그럼 돌아가서 쉬게나."

곧 호용아가 물러나고 나자 위지혁은 한참 동안 생각에 잠겨 있었다.

"…죽은 사람들이 그리워지다니, 나도 나이를 먹었나 보군."

죽은 사부와 운 장로가 자신의 입장이었으면 어떻게 했을까를 생각하던 위지혁은 쓴웃음을 지으며 중얼거렸다.

7

"사부님, 꼭 서윤이를 데리고 가서야겠습니까?"

봉연후는 사부인 무상검존 나윤극이 윤극성을 떠나는 길을 배웅하며 투덜거렸다.

그러자 나윤극의 수행원을 자처하며 따라나선 화천월지 서윤이 핀잔을 주었다.

"사형, 아니, 성주님. 그렇게나 사부님을 혼자 보내고 싶으시오?"

나윤극이 윤극성을 떠나는 것은 성주직을 내려놓고 은퇴

를 선언했기 때문이다.

은퇴한 나윤극의 뒤를 이어 2대 윤극성주로 취임한 것은 이제는 만검호(慢劍虎)라는 조롱기 섞인 별호가 아니라 잠룡검호(潛龍劍豪)라는 별호로 불리며 일존구객의 일원이 된 봉연후였다.

윤극성의 세대교체는 풍령국 전체에서 화제가 되었다. 앞으로 봉연후는 자신이 무인으로서, 협객으로서만이 아니라 윤극성의 우두머리로서도 충분한 자질을 갖췄음을 끊임없이 증명해야 할 것이다.

봉연후가 난처해하며 말했다.

"혼자 가시라는 뜻이 아니라 사매 말고 다른 사람을 수행원으로 데려가셨으면 하는 거지."

"일없소. 사형은 일존구객 되겠다고 세상 구경 많이 했으니 이젠 내 차례요. 나도 좀 쉬고 싶단 말이오."

서윤은 장난스럽게 말했다. 하지만 실은 말하지 않은 이유도 있었다.

봉연후는 무인으로서 충분한 명성을 쌓아 올렸기에 나윤극의 후계자가 될 수 있었다. 하지만 그 위업은 윤극성 밖으로 돌면서 쌓은 것이기에 윤극성 내부의 정치적 기반은 취약했다.

그에 비해 서윤은 윤극성 내부의 지지 기반이 막강한 사람이다. 봉연후가 2대 성주로서 기반을 다지기 위해서는 그녀가 한동안 나가 있는 쪽이 좋았다.

"그래도 이제는 좀 의젓해 보이는구려. 어디 가서 윤극성주가 한량 같아 보이더라는 말은 안 들을 것 같소."

봉연후는 아무리 봐도 위엄 있어 보이는 사람은 아니다. 하지만 전과 달리 외모에 신경을 쓰고 있기에 그래도 한량처럼 후줄근해 보이지는 않았다.

서윤의 말에 봉연후가 한숨을 푹 쉬었다.

"뭐, 이것도 성주로서의 의무라니 어쩔 수 없지 않겠느냐?"

"해극이도 자랑스러워할 거요."

"…그놈이 참 사람한테 힘든 짐이나 떠맡기고 말이지. 힘들어죽겠구먼."

봉연후가 투덜거렸다.

윤극성주로서의 삶은 초인의 삶이다. 봉연후는 이렇게 살고 싶지 않았다. 사람들에게 한량 같다고 손가락질 당하더라도 적당히 어깨에 힘을 빼고, 약간의 자유를 누리면서 살고 싶었다.

하지만 너무 이른 나이에 세상을 뜬 제자 위해극의 유언이 그의 삶을 결정했다.

봉연후는 언젠가 모두가 인정하는, 역사에 이름을 남길 만한 인물이 되어 만인이 주목하는 자리에서 말해야만 한다.

'지금의 나를 만든 것은 사랑하는 제자 위해극이었다. 해극이는 정말 위대한 영웅이었다.'

그 약속을 이룰 때까지 봉연후는 초인으로서의 삶을 살아갈 것이다.

서윤은 그런 봉연후를 보며 미소 지었다.

"똑바로 안 하면 내가 돌아와서 엉덩이를 걷어차 줄 거요."

그녀가 나윤극을 따라 떠나는 것은 봉연후를 위해서만은 아니다. 아직도 그녀의 마음속에 복잡한 갈등이 자리 잡고 있어서다.

나윤극의 뒤를 이어 윤극성주의 권좌에 앉는다. 그것은 서윤이 오랫동안 꿈꾸던 숙원이었다.

그녀가 마음을 바꿔 봉연후에게 그 기회를 양보한 것은 위해극 때문이다. 하지만 미련이 깨끗하게 사라졌냐고 하면 역시 아니었다. 지금도 가끔 자신이 봉연후를 몰아내고 그 자리를 쟁취하는 꿈을 꾸고는 한다.

그 미련을 정리하기 위해서 그녀는 나윤극을 따라 세상으로 나가는 것을 결정했다.

나윤극이 봉연후를 보며 말했다.

"잘할 거라 믿으마."

그걸로 끝이었다. 나윤극은 더 할 말이 없다는 듯 말을 출발시켰고, 서윤도 뒤를 따랐다.

멀어져 가는 두 사람을 보며 봉연후가 한숨을 푹 쉬었다.

"누가 우리 사부님 아니랄까 봐 어쩌면 저리도 한결같으실까. 다시는 못 볼지도 모르는 상황이면 좀 석별의 정도 나누고 그래야 하는 거 아닌가."

표면적으로 나윤극이 윤극성을 나서는 이유는 세상을 유람하기 위해서다. 봉연후에게도 그것 말고 다른 목적이 있다고는 말하지 않았다.

하지만 봉연후는 나윤극이 말하지 않은 진짜 목적을 짐작하고 있었다.

나윤극은 죽기 전에 귀혁과 마지막 승부를 내기 위해 간 것이다.

그것이 윤극성주의 의무에서 자유로워진 그에게 남은 무인으로서의 숙원이었다.

봉연후가 고개를 절레절레 저었다.

"난 죽어도 저렇게는 못 될 거야."

"그 말에는 동감인데."

갑자기 들려온 목소리에 봉연후가 움찔했다.

어느새 옆에 긴 백발을 지닌 남자, 위해극의 부친 위해준이

와 있었던 것이다.

"깜짝이야. 언제 오셨소?"

"반각쯤 됐군. 나설 만한 자리가 아닌 것 같아서 두 사람이 떠나길 기다리고 있었지."

"갔던 일은 어떻게 되었소?"

위해준은 얼마 전 풍혼족의 부름을 받아서 떠났었다.

신과 인간의 거리가 멀어지면서 풍혼족 역시 운룡족과 같은 신세가 되었다. 하지만 그런 상황에도 신위를 봉인한 위해준은 현계에 남아 있을 수 있었는데, 풍혼족은 그 문제에 대해서 이야기할 게 있다면서 위해준을 소환했던 것이다.

"결론을 짓고 왔다. 난 앞으로도 현계에 남아서 너를 지켜볼 것이다."

"다행이군. 해준 선생이 떠나 버렸으면 많이 힘들었을 거요."

"뭐, 언젠가 떠나긴 떠날 거다. 정확히는 죽는다고 해야 할까?"

"엥? 그게 무슨 소리요? 죽는다니? 무, 무슨 병이라도 생겼소?"

봉연후가 화들짝 놀라서 묻자 위해준이 피식 웃으며 고개를 저었다.

"그저 완전히 현계의 존재가 되었을 뿐이다."

지금까지 그는 신위(神威)를 봉했다뿐이지 풍혼족이라는

점에는 변함이 없었다. 하지만 풍혼족은 이제는 그런 눈속임으로 버틸 수 없는 때가 다가온다고 경고해 주면서 그에게 선택을 종용했다.

풍혼족으로 돌아올 것인가, 아니면 완전히 현계의 존재로 격하될 것인가.

위해준은 망설임 없이 후자를 선택했다.

"이제 나는 풍혼족이 아니라 풍혼족의 혈통을 이어받은 인간쯤으로 취급되는 모양이다. 세월이 흐르면 늙어갈 것이고, 약해지고 병들 수도 있겠지."

"……."

"왜 그런 눈으로 보나?"

"그런 일까지 감수해 가면서 날 지켜봐 주겠다고 남다니 부담스럽잖소."

"걱정 마라. 수명이 생겼다고 해도 너보다는 훨씬 오래 살 거니까."

시큰둥한 위해준의 말에 봉연후의 가슴속에 밀려오던 감동이 단숨에 식었다.

"쯧, 내 주변에는 왜 이렇게 분위기를 모르는 사람들만 있는 건지."

"당연히 네 인복이 부족하니까 그런 거지."

혀를 차며 투덜거리는 봉연후를 놀리며 위해준이 웃었다.

8

혹영신교 최후의 날 이후 태극검 기영준은 몇 년 동안이나 강호 활동을 하지 않고 태극문에만 틀어박혀 있었다.

암천동맹이 활개 치는 상황에서 그가 나서지 않는 것에 대해서 사람들이 수군거렸다. 그의 인품이 널리 알려져 있었기에 다들 그럴 만한 이유가 있을 거라고 여겼다.

그리고 얼마 전, 그가 다시 강호로 나섰을 때 사람들은 그 이유를 알 수 있었다.

"소윤아, 방금 전에는 너무 성급했다. 항상 넓은 시야로 주변을 살피라고 하지 않았더냐?"

"죄송해요, 사부님."

창백한 안색으로 고개를 숙인 것은 태극문의 도복을 입은 여자 도사였다. 체격이 작은 그녀는 기영준과 마찬가지로 좌수검을 쓰는 검사로, 암천동맹과 격전을 치르다가 한순간의 방심으로 목숨을 잃을 뻔했다.

그녀를 구하고 적의 숨통을 끊은 기영준이 말했다.

"첫 실전이니 미숙한 것은 어쩔 수 없다. 똑같은 실수를 하지 않도록 지금의 일을 가슴에 새기도록 해라."

"예."

소윤은 과거 설산에서 가신우가 목숨을 희생해 가며 지켜 낸 사매였다.

가신우가 죽은 지도 어느덧 14년이라는 세월이 흘렀다. 가신우보다 두 살 어린 열여섯 살 소녀였던 소윤은 어느덧 서른 살이 되어 어린 문도들을 지도하는 교관 노릇을 하고 있었다.

상처를 딛고 어른으로 성장하기에는 충분한 시간이다. 하지만 그녀는 지금도 종종 가신우를 떠올리고는 한다.

"…조금 전 같은 상황에서 사형이었다면 어땠을까요?"

불쑥 튀어나온 생각을 말해 버린 소윤이 흠칫했다. 기영준이 놀란 눈으로 그를 바라보고 있었다.

"죄송해요. 제가 그만……."

"아니다. 네가 아직 신우를 생각하고 있는 줄 몰랐구나."

기영준은 한숨을 쉬며 바위에 걸터앉았다. 그리고 말했다.

"내가 왜 너를 제자로 삼았는지 말하지 않았었지."

본래 소윤은 기영준의 수제자가 아니었다. 기영준은 가신우가 죽은 후로는 수제자를 두지 않았다. 문도들을 지도할 때는 특정한 분야의 교관 노릇을 하거나 어린 문도들에게 무학에 대해서 강론하는 것에 그쳤다.

다들 그 사실을 안타까워했지만 기영준의 상처를 이해했기에 새 제자를 받으라고 강권하지는 않았다.

그런데 4년 전의 어느 날, 기영준은 갑자기 소윤을 수제자로 삼았다.

당시 소윤은 이미 다른 장로의 제자였다. 하지만 자질이 그리 뛰어나지 않았기에 오랫동안 교관 노릇을 하면서 50명을 넘는 제자를 둔 장로의 제자로 이름을 올렸을 뿐이다.

기영준은 자신보다 연배가 아래인 그 장로를 찾아가서 고개를 숙여가면서까지 소윤을 데려왔고, 그 사실은 한동안 태극문을 놀라게 했다.

도대체 소윤에게 무엇이 있기에 기영준이 제자로 받았을까?

사람들은 이해하지 못했다. 객관적으로 볼 때 소윤은 자질이 부족하여 별 성취를 이루지 못한 이였으니까.

그리고 실은 소윤 본인조차도 이해하지 못했다. 대체 기영준은 자신의 무얼 보고 제자로 삼은 것일까?

"5년 전의 비무회 때문이었단다."

태극문은 문도들의 실력을 점검하고 향상심을 길러주기 위해 1년에 두세 번 정도 내부적으로 비무회를 열고 있었다.

소윤도 매해 한 번 정도는 비무회에 참가하고는 했는데 좋은 성적을 거둬본 적이 없었다. 기영준의 제자가 되어서 3년간 불참하고 올해 참가한 비무회에서 우승하기 전까지는.

"그때라면… 2회전에서 졌었는데요."

소윤이 기억을 더듬었다. 그때는 1회전에서 동년배를 만나

겨우겨우 이기고, 2회전에서는 자기보다 두 배분이나 낮고 나이도 여섯 살이나 어린 문도에게 패배하고 말았다.

기영준이 고개를 끄덕였다.

"그 비무에서 보여준 모습 때문에 너를 제자로 받았단다. 그때 네가 어떻게 졌는지 기억나느냐?"

"솔직히 잘… 모르겠어요."

소윤은 1회전을 이겼을 때 이미 체력과 내공이 바닥난 상태였다. 2회전에서는 자기가 어떻게 싸웠는지도 잘 기억나지 않았다. 막바지에는 체력이 떨어져서 정신이 몽롱해진 채로 비무용 목검을 휘둘렀고, 정신이 들고 보니 부러진 목검을 든 채로 쓰러져 있었다.

"사실 그때 너는 이길 뻔했다. 진검 승부였다면 이겼을지도 모르지."

"네?"

"정말이란다. 너는 그때 마치 태풍 속의 가랑잎 같았지."

1회전을 힘겹게 이기고 올라온 소윤과 달리 상대는 힘이 넘쳤다. 넘치는 힘으로 몰아붙이는 것만으로도 소윤은 궁지에 몰렸다.

하지만 소윤은 쓰러질 듯 비틀거리면서도 절대 쓰러지지 않았다. 그러기는커녕 마지막에는 질풍처럼 이어지는 상대의 모든 공격을 흘려내면서 다가가서 일검을 찔렀다.

그 과정에서 힘이 부족해서 목검이 부러지지 않았더라면, 그 비무는 소윤의 승리로 끝났을 것이다.

"그랬었… 나요?"

소윤은 자기가 그랬었다는 것이 믿어지지 않는다는 듯 눈을 껌뻑거렸다.

그때 이후로 사람들이 자길 보면서 한동안 수군거렸고, 동기들의 태도도 어딘가 꺼림칙하다 했는데 그런 일이 있었단 말인가?

"나는 그때의 네게서 신우의 모습을 보았다."

"……."

"나는 신우의 마지막을 보지 못했지. 하지만 예전에 선풍권룡이 그때의 일을 말해주었단다."

형운은 기영준에게 자신이 본 가신우의 마지막을 상세하게 이야기해 주었다. 기영준은 그 후로 그 말을 수도 없이 되새기면서 그 순간을 직접 본 것처럼 생생하게 상상할 수 있게 되었다.

그리고 소윤이 5년 전의 비무회에서 보여준 모습은 마치 그 상상의 일부가 현실로 튀어나온 것 같았다.

"물론 완벽하지는 않았다. 어설펐지. 하지만 그럼에도 나는 네게서 신우의 모습을 보았단다."

"……."

"소윤아?"

기영준이 당황했다. 멍한 표정을 짓고 있던 소윤의 눈에서 눈물이 주르륵 흘러내렸기 때문이다.

"…꿈에도 잊을 수 없었어요."

가신우가 그녀를 살리기 위해 흑영신교주에게 달려들던 순간은 영원히 잊을 수 없는 순간으로 새겨져 있었다. 지금이 순간에도 그 순간으로 되돌아간 것처럼 생생하게 떠올릴수 있을 정도로.

가신우가 죽은 후로 소윤은 자책감에 시달렸다.

자신이 강했다면, 자신을 지키느라 내상을 입지 않았다면 가신우는 죽지 않았을지도 모른다. 부질없다는 것을 알면서도 그런 생각에서 벗어날 수가 없었다.

하지만 현실은 냉혹했다.

열의와 집념이 있어도 재능의 벽을 넘을 수 없었다. 스스로를 가혹하게 몰아붙였는데도 그녀는 태극문의 실력자들이 눈여겨볼 만한 성취를 이루지 못했다.

사부의 관심도 다른 재능 있는 제자들에게 향했기에 소윤은 막막한 어둠 속을 홀로 걷는 기분이었다. 그럴수록 사람들은 그녀를 불편해하고 다들 멀어져 가서 정말로 혼자가 되고 말았다.

그래도 그녀는 멈추지 않았다.

쓰러지고 싶을 때면 늘 그 순간을 떠올렸다. 이제는 자기보다 어린 사람으로 남은 가신우의 모습을 마음속의 스승으로 삼아 그 모습을 재현하고자 했다.

흐느끼는 소윤을 가만히 바라보던 기영준이 말했다.

"때로는 멀리 돌아가는 길이 더 빠른 길이 되기도 한단다. 그리고 우리는 단지 무인이어서만은 안 된다."

태극문에 있어서 무공이란 목적이 아니다. 그들이 추구하는 진리, 태극의 도(道)를 탐구하기 위한 수단이다.

"무인으로서 무공을 연마하여 강해지는 것은 물론 중요하다. 그러나 그것보다 우선해야 하는 것은 태극의 본질을 탐구하는 것이다. 그것을 후세에 전하여 올바른 깨달음을 이끌어내는 것이다."

그래서 기영준은 소윤을 제자로 골랐다.

가신우가 남긴 것을 영혼에 새기고 노력해 온 그녀라면 그저 강한 무인이 되는 데 만족하지 않고 태극의 도를 추구하는 사람이 될 수 있으리라 보았기에.

"…제가 할 수 있을까요?"

"할 수 있을 게다. 그나저나 슬슬 다들 걱정할 것 같으니 이만 가보자꾸나."

"예."

고개를 끄덕이는 소윤의 눈빛은 더 이상 혼란스럽지 않았다.

9

어떤 조직이든 세월이 흐르면 세대교체가 일어나는 것은 필연이다.

하지만 별의 수호자의 세대교체는 꽤나 급박하고 한꺼번에 일어났다. 그로 인해서 조직 운영에 많은 혼란이 발생하고 있는 상황이었다.

흑영신교 최후의 날, 권력의 정점에 있던 운중산 장로가 사망했다.

그의 빈자리를 채우는 것만으로도 세대교체의 혼란이 일어날 일이다. 그런데 그 후로 4년간 노쇠한 장로들의 은퇴가 줄을 이었다.

장로회에 네 개의 공석이 발생했는데 그중 셋만이 채워지고 하나는 남았다. 화성 하성지는 총단 조직의 혼란을 적극적으로 파고들었고, 이 남은 한 자리를 두고 하운국 총단과 위진국 본단 사이에서 치열한 정치적 공방이 벌어지고 있었다.

'그나마 풍령국 쪽이 조용한 게 다행이지만…….'

위진국 본단은 장로를 한 명만 두는 것은 부당하다며 세 명의 장로를 두게 해줄 것을 요구했다. 성혼좌로 별의 수호자 조직의 모든 지식과 성과가 공유되는 시대에 하운국 총단에만 모든 권력과 자원이 집중되는 것은 어울리지 않는다는 주장이었다.

그에 비해 풍령국 본단은 조용하다. 장로회는 형평성을 위해 풍령국 본단에서도 한 명의 장로를 배출할 권리를 주었지만 아직 장로직에 어울리는 업적을 쌓은 인물이 나오지 않았다.

그리고 세대교체 문제는 연단술사들에게만 국한되지 않는다. 무인들의 권좌 역시 격렬한 세대교체를 겪었다.

예를 들어······.

"오랜만에 뵙는군요, 영성."

백건익이 예를 표하는 영성이 귀혁이 아니라는 점만 봐도 그렇다.

과거 풍성으로 불렸던 초후적이 지금은 오성의 우두머리인 영성으로 불리고 있었다.

"그렇군, 수성."

그리고 백건익은 수성이 되어 있었다.

4년 전, 흑영신교 최후의 날에 수성 형운이 세상을, 그리고 별의 수호자를 파멸로부터 구하고 사라졌다.

그로써 오성의 권좌에 공석 하나가 발생했는데, 일은 거기서 끝나지 않았다.

오랫동안 영성으로 군림했던 귀혁이 은퇴를 선언했던 것

이다.

장로회는 귀혁의 갑작스러운 선언에 당황해서 그를 붙잡으려고 노력했다. 하지만 귀혁은 이제부터 반드시 해야 할 일이 있다면서 은퇴하고는 여행을 떠나 버렸다.

별의 수호자는 공석이 되어버린 오성의 자리 두 개, 특히 총단을 비롯한 하운국 조직을 수호할 이들의 자리를 급히 메꿔야 했다.

초후적이 귀혁의 뒤를 이어 영성이 된 것은 필연이었다. 무공으로도 업적으로도 감히 그와 비견될 자가 없었으니까.

그리고 별의 수호자에는 당장 오성에 올라도 잘해낼 만한 인재들이 있었다.

백건익은 후임 척마대주가 결정되기도 전에 수성으로 취임했고, 4년이 지난 지금까지 잘해왔다.

초후적이 물었다.

"집사람은 좀 어떤가?"

"내색은 하지 않지만 힘들어하지요. 이런 때는 좀 일을 쉬면서 곁에 있어주고 싶은데 요즘 주변이 뒤숭숭해서 그럴 수도 없군요."

백건익이 쓴웃음을 지었다.

그는 2년 전쯤에 백령회에서 온 영수 소녀 화유와 혼인했다. 그리고 지금까지도 주변 사람들에게 도둑놈이라는 소리

를 듣고 있었는데, 이것은 처음 그 일을 소문내고 다닌 마곡
정 탓이다.

두 사람이 맺어지는 데는 백령회와의 관계가 크게 작용했
기에 정략결혼이라고 봐야할 것이다. 하지만 화유는 어린 시
절부터 백건익에게 홀딱 반해서 반드시 그와 맺어지겠다는
의지를 불태워 온 영수였다.

사람들 사이에 떠도는 소문으로는 백건익이 용무문과 공
동작전을 마쳤을 무렵 오밤중에 화유가 그의 잠자리를 덮쳤
다고도 하는데… 진실을 아는 자는 얼마 없고, 그들은 그 일
에 대해서 함부로 떠들어대지 않았다.

"아마 한두 달 내로 출산할 것 같은데 그때까지는 총단에
있을 수 있기를 바랄 뿐입니다."

화유는 작년에 임신해서 지금은 배가 만삭이었다.

백건익은 되도록 밖으로 돌아다니지 않고 총단에 머무르
면서 그녀의 곁에 있어주고 싶은데 상황이 그것을 허락지 않
는다. 전국 각지로 확장해 나간 암천동맹이 별의 수호자에게
도 싸움을 걸어댔기 때문이다.

암천동맹은 조직이라기보다는 의지를 가진 질병과 같다.

힘을 갈구하는 자, 조직 없이 떠돌아다니는 마인이나 요괴
를 감염시키고 그들에게 유혈 사태를 종용한다. 감염된 시점
에서 그들은 정신적 연결을 지니게 되고 '거대한 의지'에 따

라서 행동하게 된다.

가장 골치 아픈 것은 이들이 조직이라고 할 수도 없다는 것이다.

조직력을 갖추고 있지 않지만, 조직이 아니기 때문에 뿌리를 찾아서 궤멸시키는 것도 불가능하다. 그것이 암천동맹이 아무리 죽여도 사라지지 않는 이유였다.

"그럼 이만 실례하겠습니다."

초후적은 고개를 끄덕이고 그를 보내주었다.

"암천동맹이라……."

흑영신교를 끝으로 마교라 불리던 위협은 모두 사라졌다. 그러나 이제 끝없는 생명력을 자랑하는 재해급 질병이 세상을 뒤흔들고 있는 중이다.

뿐만 아니라 곳곳에서 오랫동안 봉인되어 있었던 요괴들이 깨어나 분탕질을 친다는 소식이 들려온다. 신들의 영향력이 약해지면서 역사의 이면에 묻혔던 악의가 깨어나고 있는 것이다.

이런 세상에서 무인의 싸움은 언제까지고 끝나지 않는다. 아무리 많은 적을 해치워도 또 다른 적이 앞을 가로막으며 그들의 쓸모를 증명해 준다.

초후적은 그 사실에 기묘한 감상을 느꼈다.

"쓸데없는 감상에 빠지다니… 나도 나이를 먹은 모양이군."

어쩌면 평생 그의 목표였던 남자가 사라져 버렸기 때문인지도 모르겠다.

초후적은 쓴웃음을 지으며 걸음을 옮기기 시작했다.

10

백건익이 수성이 되면서 척마대주직은 공석이 되었다.

모두가 탐하는 자리였기에 경쟁은 치열했다. 본래 확정 후보라고 할 수 있는 후보가 하나 있었지만, 그는 예기치 못한 사정으로 척마대에서 나가 버리게 되었고 그 결과 외검대주였던 오량이 척마대주로 취임했던 것이다.

"대주님! 풍검문이 고립되었습니다!"

"나도 알아! 내가 갈 테니 자네가 이쪽 좀 맡아!"

부대주의 외침에 오량이 거칠게 대답했다.

그의 앞으로 달려들고 있는 것은 인간과 나무가 융합된 기괴한 형상의 요괴였다. 산적단을 토벌하러 간 풍검문이 마주한 것은 인간의 시체와 융합하여 막강한 힘을 발휘하는 나무 요괴들이었던 것이다.

"젠장! 너무 앞으로 나가지 말랬더니만!"

척마대는 강주성의 명문 풍검문과 합동작전을 펼치고 있었다.

황실의 요청으로 이루어진 이 합동작전은 강주성의 산중에서 분탕질을 치는 산적단을 토벌하는 것이 목적이었다.

하지만 사실 풍검문 입장에서 이것은 단순한 토벌전이 아니라 복수전이었다.

얼마 전 강주성의 관군과 풍검문이 펼친 합동작전이 실패했던 것이다. 단순히 요괴 두목이 이끄는 산적단이라고만 생각했던 그들은 예상을 초월하는 적의 힘 앞에 큰 피해를 입고 패퇴했다.

그 과정은 자칫 몰살당할 위기였다. 그럼에도 반수 이상이 살아 나올 수 있었던 것은 풍검문을 대표하는 고수, 산풍검(山風劍) 우수형이 목숨을 희생해서 나머지가 살길을 열어주었기 때문이었다.

그런 사정이 있었기에 척마대와 함께 2차 토벌전에 나선 풍검문은 원한을 불사르고 있었다.

'역시 지휘권을 확실히 잡았어야 하는 건데!'

풍검문의 지휘권자로 나선 풍검문의 장로가 적의 도발에 넘어가면서 균열이 시작되었다.

전열이 어긋나는 사이, 나무 요괴들은 놀랍도록 기민한 움직임으로 둘을 갈라놓았던 것이다.

'이토록 전술적인 움직임이라니! 모두의 심령이 하나로 연결된 것 같지 않은가?'

척마대주 오량은 척마대의 정예를 이끌고 고립된 풍검문을 구출하기 위해 돌진했다.

"하아아아아!"

그가 척마대원들과 진법을 이루고 치고 나가자 앞을 가로막는 요괴들이 짚단처럼 쓰러져 갔다.

그리고 포위망을 돌파한 그는 놀라운 광경을 보게 되었다.

"비성! 조금만 더 버텨라!"

풍검문도복을 입은 중년 검객이 나무 요괴들의 우두머리와 격전을 펼치고 있었던 것이다.

'풍랑검객! 이 정도의 실력자였나?'

오량은 놀람을 금치 못했다.

풍랑검객 왕춘, 과거 흑도의 낭인검객으로 활동하며 흑풍검이라 불렸던 그는 강주성 일대에서는 상당한 명성을 떨치는 이였다.

그런데 제자 비성과 등을 맞대고 나무 요괴들과 싸우는 그의 실력은 별의 수호자의 정보부가 파악하고 있던 것을 훨씬 뛰어넘고 있었다.

'산풍검을 뛰어넘었을지도 모르겠군.'

다만 내공 수준이 좀 아쉬웠다. 출력으로 보면 6심 정도로 보이는데 그 정도면 풍검문 내에서는 손꼽히는 수준이리라. 하지만 지금 상황에서는 결정력이 부족해서 우두머리 요괴를 좀 몰아붙인다 싶으면 좌우에서 달려드는 나무 요괴들 때문에 밀려나기를 반복하고 있었다.

'길을 열어주지.'

오량과 척마대원들은 나무 요괴들을 거침없이 베어내었다. 그러자 풍검문도들을 몰아치던 포위망이 흔들리고 왕춘을 압박하던 전력이 분산되었다.

"하아아아아!"

왕춘은 그 틈을 놓치지 않고 우두머리 요괴를 몰아붙였다.

우두머리 요괴가 포위망 밖으로 밀려나면서 일대일 상황이 만들어졌다.

─이놈! 신령한 혈통을 이은 것도 아닌 하찮은 인간이 감히!

우두머리 요괴가 몸에서 촉수처럼 꿈틀거리는 가지를 뻗어 왕춘을 공격했다. 그러나 왕춘의 검기가 번쩍이면서 공격권에 다가오는 모든 것을 베어내었고…….

콰직!

가지를 통해 찔러 넣은 침투경이 본체에까지 타격을 주면서 허점을 만들었다.

─크악! 그, 그놈과 똑같은 수법인가?

왕춘은 우두머리 요괴가 산풍검을 이야기하고 있음을 알아차렸다. 그의 눈이 분노로 타올랐다.

"그래. 너 따위가 사부님과 싸우고 무사했을 리가 없지."

산풍검은 아군을 퇴각시키기 위해 희생했다. 하지만 그것은 우두머리 요괴와의 일대일이 아니라 중과부적(衆寡不敵)의 상황이었다.

그토록 불리한 상황이었음에도 산풍검은 우두머리 요괴에게 크나큰 상처를 입혔고, 그 상처는 아직까지 완치되지 않았다.

파악! 팍!

우두머리 요괴의 팔이 잘려 나가고, 머리가 반쯤 베인다.

왕춘은 멈추지 않았다. 허공섭물과 의기상인이 현란하게 적을 압박하는 가운데 풍검문의 무공 풍검십육형(風劍十六形)의 정수가 펼쳐졌다.

―이, 이렇게나 강한 인간이 또 있다니! 도대체 그동안 무슨 일이 있었던 거냐?

나무 요괴는 오래전, 신의 힘을 빌려 쓰는 운룡사원의 승려에게 봉인당했던 존재였다. 신들의 힘이 약해지면서 거의 800년 만에 세상에 풀려나왔던 것이다.

"사부님의 원수를 갚겠다!"

왕춘의 살기가 폭발하면서 우두머리 요괴가 산산조각 나서 흩어졌다.

호으으으으!

그러자 놀라운 일이 벌어졌다. 무수한 나무 요괴들이 마치 실 끊어진 인형처럼 무너져 내리는 것이 아닌가?

"크헉……."

적들이 쓰러지자 왕춘이 신음을 토하며 주저앉았다.

내공을 쥐어짜 내듯이 싸우기도 했고, 마지막에는 절호의 기회를 놓치지 않기 위해 무리를 했던 것이다.

"사부님!"

그와 등을 맞대고 싸우던 비성이 다급히 외쳤다.

"괘, 괜찮다. 약간 무리했을 뿐이다."

왕춘이 숨을 고르며 손을 내저었다.

그때 그에게 다가온 오량이 목함 하나를 내밀었다.

"내상을 입은 것 같은데 이걸 드시고 운기하시오. 효과가 있을 것이오."

"고맙소. 덕분에 사부님의 원한을 갚을 수 있었소이다."

왕춘은 오량이 준 약을 받아 들기 전에 비틀거리며 일어나서 정중하게 예를 표했다.

오량이 눈을 크게 뜰 때 그가 말했다.

"과거에 그 자리에 있던 분에게 몇 번이나 큰 은혜를 입은 적이 있었소. 그런데 그 뒤를 잇는 분께도 은혜를 입게 되었으니 인연이란 묘하군."

"……."

오량은 왕춘이 말하는 사람이 형운임을 알아차리고 복잡한 심경을 느꼈다.

잠시 왕춘을 바라보던 오량은 마주 예를 표하며 말했다.

"분명 그 사람도 지금의 대협을 자랑스러워하실 것이오."

오량은 형운이라면 분명 그랬을 것이라 확신했다.

11

별의 수호자의 운벽성 지부는 긴 시간에 걸쳐 재건되었다.

운벽성 지부의 참화는 자칫하면 별의 수호자의 조직에 치명적인 타격이 될 뻔했던 사건이었다.

하지만 운중산 장로의 희생으로 사태가 운벽성 지부 바깥으로 확산되지 않았다. 그리고 그것이 흑영신교가 최후를 맞이하기 전의 마지막 몸부림이었음이 알려지면서 별의 수호자를 피해자로 동정하는 여론이 형성되었다.

물론 이것은 별의 수호자가 전력을 기울여 정보 공작을 펼친 결과였다. 피해자 입장이 되지 않으면 조직에 위기가 닥쳐올 상황이었으니 당연하다.

그리고 4년의 시간이 흘러 운벽성 지부는 재건을 마쳤다.

별의 수호자가 운벽성 지부를 재건한 것에는 상징적인 이유도 있지만 실리적인 이유가 더 크게 작용했다.

야만의 땅에 대한 연구 활동은 계속해서 활발해져 가는 중이다. 따라서 야만의 땅과 인접해 있는 운벽성에 제대로 된 거점을 필수적으로 마련해야 했던 것이다.

별의 수호자가 4년 전의 참극을 극복했다는 상징성을 바랐기에, 운벽성 지부는 계획했던 것보다 더욱 대규모로 건설되었다.

위험성이 큰 시설은 지어지지 않았지만 연구 시설은 대단히 충실했다. 그리고 고위급 인사들에게 있어서는 성혼좌의 문이 설치되었다는 것이 크나큰 의미를 갖게 되었다.

위험 부담을 감수하고 문서를 물리적으로 먼 총단까지 옮길 필요 없이 연구 성과를 기록하고 공유하는 것이 가능해진 것이다.

"확실히 다른 지부들하고는 비교가 안 되는 수준이네. 그래도 위진국 본단보다는 좀 작은가?"

미미하게 붉은 기가 도는 머리칼을 지닌 여성, 화성 하성지의 제자 오연서가 운벽성 지부를 둘러보며 감탄했다.

그러자 그 옆에서 따라 걷고 있던 강연진이 툭 한마디를 던졌다.

"입 좀 헤벌리고 걷지 마. 애도 아니고."

"아, 참. 맞는 말이야. 지부장으로서 위엄을 갖춰야지, 엣헴."

"위엄은 얼어 죽을……."

"어머나, 우리 자기 아직도 삐지셨어요? 정정당당한 승부 결과에 승복 못 하시나?"

"삐지긴 누가 삐져! 그리고 권사한테 무기를 들려주고 싸우게 만든 게 어딜 봐서 정정당당? 정정당다앙?"

"둘 다 전공이 아닌 창술이었으면 충분히 정정당당하지! 자기가 받아들였으면서 지고 나서 이러쿵저러쿵하다니 어쩜 이리도 추하실까?"

두 사람이 티격태격하기 시작했다.

그 뒤를 따라 걷던 조희가 한숨을 쉬며 두 사람을 말렸다.

"거기 지부장님이랑 부대주님. 부부간의 금슬이 좋은 건 알겠는데 길에서 티내지 말아줄래? 취임식하기도 전에 소문이 좌악 퍼지겠어."

"다른 사람이면 몰라도 너한테만은 그런 소리 듣고 싶지 않은걸?"

오연서가 조희를 째려보자 그녀는 옆에서 따라 걷고 있던 어경혼에게 기대며 말했다.

"여보, 봤지? 지부장님이 공과 사를 혼동해서 날 구박하는 거?"

"그러게. 거참, 어쩜 저리들 공사 구분을 못 하실까."

어경혼이 그녀를 끌어안으며 그윽한 눈빛을 보내자 오연서와 강연진은 못 볼 꼴을 봤다는 듯 표정을 일그러뜨렸다.

어경혼과 조희는 4년 전에 혼인해서 부부가 되었다. 하지만 아직까지 아이는 없었다. 두 사람은 둘이서 같은 직장에서 일하는 게 좋아서 한동안은 아이를 가질 생각이 없다고 밝혔다.

그리고 강연진과 오연서도 반년 전에 혼인해서 부부가 되었다.

항상 티격태격하던 두 사람은 4년 전의 참극을 겪은 후에 연애를 시작했다. 그리고 연애 기간 내내 티격태격했고, 부부가 된 후에도 여전히 티격태격하고 있었다.

연애 기간이 길어진 것은 오연서의 출신이 위진국이기 때문이었다.

강연진은 오연서의 스승인 화성 하성지를 설득하고, 오연서의 일족을 설득하기 위해 그녀와 함께 위진국까지 먼 길을 다녀왔고 위진국 본단에서 혼인식을 올렸다.

'정말 어지간히 마음이 깊지 않으면 엄두도 못 낼 일인데… 그리고 나서도 예전이나 지금이나 변함이 없어 보이는 것도 참 신기해.'

조희는 부부가 된 후에도 예전과 똑같이 티격태격하고 있는 오연서와 강연진을 보며 참 신기한 사람들이라고 생각했다.

둘은 뼛속까지 무인이었다. 부부간에 의견이 엇갈리는 일이 있으면 조건을 설정한 비무를 벌여서 결정한다는 말에는 다들 기겁할 수밖에 없었다.

'근데 아무리 그래도 운벽성 지부장이 누가 될지를 그걸로 정한 건 좀 아니지 않나?'

척마대 운벽성 지부장은 총단의 척마대주 다음으로 장래성이 있는 자리일 것이다.

천공지체이기도 한 강연진과 오연서는 그 자리를 노릴 수 있는 가장 유력한 후보였다. 둘 다 무인으로서 성공 가도를 걸어온 만큼 양보하기 어려운 기회였는데… 둘은 부부가 된 후로 항상 그래왔듯 누가 양보할지를 비무로 결정해 버렸다.

다만 부부의 비무 조건은 서로 번갈아가면서 한 번씩 정하기로 했고, 이번에는 오연서 차례였으며, 오연서는 창술로 겨루는 것을 조건으로 정해 버렸다. 강연진은 권사고 자기는 검사니 둘 다 전공이 아닌 창으로 겨루면 공정하지 않냐는 것이 오연서의 주장이었다.

강연진은 꺼림칙해하면서도 비무에 응했고, 패했다. 그래서 오연서는 운벽성 지부장으로 취임했고, 강연진은 그녀를 보좌하는 역할로 따라오게 된 것이다.

"아, 여기……."

문득 강연진이 걸음을 멈췄다. 왜 그러나 싶어서 그의 시선을 따라간 오연서는 곧 그의 생각을 알아차렸다.

과거에 백운단 보관 시설이 있던 곳, 즉 양우전이 폭주해서 죽은 자리였다.

재건된 운벽성 지부의 건물 배치는 예전과 달라서 그곳에는 탑이 아니라 둥근 형태의 특이한 건물이 있었다. 하지만 강연진과 오연서는 그곳에서 4년 전의 그림자를 보았다.

4년이라는 시간이 흘렀지만 여전히 그때의 일은 강연진의 마음속에 무거운 그림자를 남기고 있었다.

그날 너무 많은 것을 잃었다. 미워하던 사람도, 소중했던 사람도…….

강연진은 지금도 여전히 양우전에 대한 자신의 마음을 알 수 없었다. 그가 죽은 그날 생각한 것처럼 어쩌면 영원히 알 수 없을지도 모르겠다.

'대사형…….'

그리고 또 한 사람, 강연진의 은인이었고 우상이었던 남자도 그날 사라졌다. 그의 존재는 아마 강연진의 마음속에 영원한 상실로 남아 있을 것이다.

"자기."

강연진은 옆구리를 쿡쿡 찌르는 오연서 때문에 상념에서 깨어났다.

자신을 안타까운 듯 바라보는 오연서의 눈빛에 강연진이

쓴웃음을 지으며 괜찮다고 말하려는 순간이었다. 오연서가 그의 어깨를 짚으며 고개를 절레절레 젓는 게 아닌가?

"아니, 강연진 부대주. 우리 정신 차리고 일합시다. 그래서야 내 보좌를 제대로 하겠어요?"

"…야!"

강연진은 방금 전까지의 감상이 흔적도 없이 사라지는 것을 느끼며 발끈하고 말았다.

12

바람이 불며 긴 검은 머리칼이 휘날렸다. 수행원 하나 없이 바닥을 미끄러지는 듯한 경공술로 죽죽 나아가는 여성이 지나가는 순간 주변 사람들은 남녀노소를 가리지 않고 눈길을 빼앗겼다.

단순히 용모가 빼어나다는 말로는 설명할 수 없는 특별한 존재감이다. 그녀는 한번 보면 절대 잊을 수 없는 미모를 갖추고 있었다.

키는 여성으로서는 다소 큰 편에 속했고 머리부터 발끝까지 완벽한 균형감이 형성되어 있었다. 나른한 황백색 눈동자는 빨려 들어갈 듯 깊이가 있었으며 바람 따라 윤기 흐르는 검은 머리칼이 휘날리는 것만으로도 한 폭의 그림이나 다름

없었다.

"나 왔어."

그녀는 음공원주 서하령이었다.

"어, 언니? 돌아온다고 미리 기별이라도 주시지!"

눈을 동그랗게 뜨며 그녀를 맞이한 것은 예은이었다.

마곡정과 혼인한 뒤 은퇴해서 안주인 생활을 하고 있는 그녀는 지금…….

"미리 말씀하셨으면 뭐라도 준비했을 텐데……."

후줄근한 옷을 입고 땀을 뻘뻘 흘리고 있었다.

도대체 뭘 하고 있었는지 궁금해지는 모습이다. 예은은 집 안에서 정원과 텃밭을 가꾸는 등 육체노동을 많이 하기에 후줄근한 모습을 보이는 게 놀랍지는 않았다. 하지만 남자 옷으로밖에 안 보이는 옷을 입고 땀을 뻘뻘 흘리고 있는 것은 또 속사정을 짐작하기 어렵지 않은가?

하지만 서하령은 그 속사정을 알고 있었다.

"열심히 수련하고 있구나."

예은은 한참 홀로 무공 수련을 하다가 서하령이 온 것을 알고 뛰어나온 참이었다.

서하령은 한동안 음공원 인원들을 데리고 방방곡곡을 돌아다니다 돌아왔다. 전국의 진기한 악곡 전수자들, 그리고 노래하는 영수들을 직접 만나보고 교류와 연구하기 위함이었다.

그 과정은 결코 평화롭지 않았다. 세상이 변했어도 성운의 기재는 풍운 속에 살아갈 운명이라는 것을 증명하듯 수많은 위협을 타파하면서 명성을 드높여 갔다.

그녀는 과거에 풍령국의 사겁명(四怯名) 사혈검마를 쓰러뜨리는 위업을 세웠고, 흑영신교 최후의 날에는 대마수 암익신조를 격파했음이 알려졌다.

그 후로 4년간 설운성에 나타난 대마수를 백야문주인 빙백검봉(氷白劍鳳) 진예와 함께 격파하고, 영운성에서 깨어난 혈신단의 저주받은 질병 요괴를 무찌르면서 천음권후(天音拳后)라는 새로운 별호로 일존구객의 일원이 되었다.

하지만 서하령은 강호의 명성에는 별 집착이 없었다. 지금까지도 각계각층에서 쏟아지는 남자들의 구애를 물리치고 꿋꿋하게 자신의 야심을 이루기 위한 길을 갈 뿐이다.

음공원주로서 서하령은 수많은 업적을 세웠고, 황실에서도 그녀에게 음공을 이용하는 군악대의 지도를 부탁해 왔을 정도였다.

그런 한편 무학자로서도 꾸준한 성과를 발표해 왔으며, 연단술사로서도 독자적으로 연구단을 꾸려서 기존에 연구되지 않은 분야에서 성과를 냈다.

그 성과란 바로 음공과 연동해서 심신에 안정을 찾아주는 약과 가연국의 영신단을 재현하기 위한 기초 연구에 필수로 채택된 비약이었다.

서하령은 예은에게 선물 꾸러미를 안겨주고는 말했다.

"이거 주려고 들른 거야. 어차피 처리할 일도 있으니 나중에……."

"기왕 오셨는데 어떻게 그래요? 차라도 한잔하고 가세요, 언니."

마곡정과 혼인한 후로 서하령이 종종 놀러 왔기 때문에 두 사람은 많이 친밀해졌다.

예은이 대충 옷을 갈아입는 사이 시비가 차를 가져다주었다.

"곡정이는?"

"일 때문에 호장성으로 갔어요. 황실의 요청이래요. 그리고 그 일에는 천 공자도 함께한다는데……."

"천 공자하고?"

서하령이 놀랐다.

일존구객의 한 사람, 천유하는 일신의 사정으로 지난 4년간 거의 강호 활동을 하지 않았다. 황실의 요청에 의해서 세 번 암천동맹과 요괴 토벌에 참가한 것이 전부였다.

"두 사람이 같이 나설 정도면 보통 일이 아닌가 보네."

"세상이 너무 어수선해요. 그런 일이 있었는데도……."

형운은 흑영신교를 없애고 세상 곳곳에 언제 터질지 모르는 활화산처럼 묻혀 있던 신화시대의 존재들에게 현계에서 퇴거할 것을 강제했다.

하지만 그럼에도 아직 세상에는 수많은 위협이 남아 있었다. 아니, 이 경우에는 오히려 재앙을 없애는 바람에 거기에 억눌려 있었던 또 다른 재앙들이 깨어나고 있는 중이라고나 할까?

예은은 그 사실이 슬펐다. 형운이 목숨까지 희생했건만 결국 아무것도 바꾸지 못한 것만 같아서.

"…언젠가는 닥쳐올 일이었던 거야. 신들은 인간을 보살폈지만 그만큼 인간을 좁은 세상 속에 가둬놓았지."

서하령이 말하는 '좁은 세상'은 물리적인 의미만이 아니었다. 지금까지는 인간이 세상을 보는 인식 자체가 부모 품에 안긴 아이처럼 제약되어 있었다.

"모든 것에는 대가가 있게 마련이야."

그 대가로 인류는 신화시대의 위협에 시달려야 했다. 흑영신이나 광세천처럼 세상의 보편성을 죄악으로 규정하고 파괴하려는 존재들도 그 일각이었을 뿐이다.

"세상은 넓고 우리가 모르는 위협은 수도 없이 많았을 거야."

하운국의 괴령, 설산의 성하, 청해군도의 암해의 신…….

그런 위협이 형운이 만난 존재들뿐이었을 리가 없지 않은
가?

　천두산의 대요괴들처럼 세상에 알려진 존재들이 있는가 하
면 역사의 이면에 깊숙이 묻혀 버린 존재들도 있었다. 아예 중
원삼국 인류의 눈길이 닿지 않는 곳에 자리한 자들도 있었다.

　형운은 언젠가는 인류의 존립을 위협할지도 몰랐던 잠재
적 위협들을 퇴거시켰다.

　그 여파로 곳곳에서 고대의 존재들이 깨어나고 있긴 하지
만 형운이 퇴거시킨 존재들에 비하면 하찮다고 해도 될 것이
다.

　아이가 언젠가는 부모 품을 떠나서 스스로의 힘으로 세상
과 맞서야 하듯이, 인간도 신들의 보살핌 없이 세상에 맞설
수 있어야만 한다. 거시적인 관점에서 보면 지금의 혼란은 인
류가 겪어야 하는 성장통 같은 것이리라.

　"그리고 아직은……."

　찻잔을 내려다보며 말하던 서하령이 멈칫했다. 예은이 고
개를 갸웃하자 그녀가 어색하게 웃으며 얼버무렸다.

　"…아니, 아무것도 아니야. 그나저나 무공 수련은 잘되어
가?"

　"아뇨. 열심히는 하고 있지만……."

　예은이 부끄러워하며 고개를 저었다.

마곡정과 혼인한 후로 예은은 5년간 꾸준히 무공을 연마해 왔다. 전투나 호신을 위한 무공이 아니라 건강을 위한 무공을.

　5년이나 꾸준히 해왔기에 성과가 없진 않았다. 게다가 그녀의 남편이 마곡정이 아닌가? 몸에 좋다는 것은 다 구해다 먹여주었다.

　그런데도 성과가 미미한 것은 예은은 애당초 무공에 재능이 있는 편이 아니었고 입문이 너무 늦었기 때문이다. 과거 열세 살에 무공에 입문한 형운도 너무 늦어서 대성하기는 글렀다는 소리를 들었는데 스물다섯 살에 입문한 예은은 오죽하겠는가?

　"그렇게나 아이가 갖고 싶어?"

　"…네."

　서하령의 물음에 예은이 빨개진 얼굴로 고개를 끄덕였다.

　요 4년간 예은은 하나의 목적을 달성했다. 무공을 연마하여 기본적인 성취를 이룬 후에 마곡정을 따라서 설산에 다녀온 것이다.

　그리고 그곳에서 예은에게는 무공을 연마해야 하는 또 하나의 이유가 생겼다.

　마곡정과 예은 사이에는 자식이 없었다. 그리고 문제는 마곡정에게 있었다.

그는 인간처럼 보이지만 인간이라고 보기 어려운 존재다. 인간의 모습을 한 대영수라고 하는 것이 옳으리라.

물론 영수와 인간 사이에 자식이 태어나는 것은 결코 불가능한 일이 아니다. 하지만 인간 부부 사이에서 아이가 태어나는 것보다는 어려운 일이었으며, 영수 쪽이 남자고 인간 쪽이 여자인 부부일 경우에는 큰 문제가 따라붙었다.

남편의 영격이 높을수록 부인이 임신 시에 짊어져야 하는 부담이 커지는 것이다.

임신해서 태아가 뱃속에서 자라는 것만으로도 모친에게 큰 부담을 주며, 출산하다가 모친이 사망하는 것도 흔히 벌어지는 일이었다.

마곡정은 처음부터 이 사실을 알고 있었다. 그렇기에 예은과 부부가 되었으면서도 그녀가 임신하지 않도록 주의했다. 대영수의 영격을 지니게 되면 사랑을 나눈 여성에게 자신의 씨를 임신시킬 것인지조차도 뜻대로 제어할 수 있었던 것이다.

예은은 설산에서 청안설표 일족과 이야기를 나누다가 젊은 영수의 말실수로 그 사실을 알게 되었다.

그 일로 마곡정과 크게 다투기도 했지만 그가 그런 선택을 할 수밖에 없었던 이유를 이해했기에 그에 대한 원망을 접을 수 있었다. 그리고 방법을 갈구하다가 뜻밖에 백야문에서 답을 얻게 되는데…….

'인간이 강해지면 됩니다. 무공을 연마해서 높은 경지에 이르세요.'

설산에는 인간과 영수가 맺어진 사례가 수도 없이 많았기에 백야문의 답은 경험에서 우러난 것이었다.

그날 이후 예은은 무공 수련에 박차를 가했다. 그녀가 원하는 목표가 얼마나 높은지를 아는 마곡정은 한숨을 쉬었지만 말리지 않고 적극적으로 지원해 주었다.

'곡정이도 참. 철없이 날뛰던 꼬맹이였던 게 엊그제 같은데 언제 이런 고민을 안게 되었는지.'

솔직히 서하령은 예은의 마음을 이해하지 못했다.

그녀는 누군가와 혼인해서 가정을 이루는 것을 동경해 본 적도, 갈망해 본 적도 없다. 아이를 갖고 싶다는 마음도 마찬가지다.

하지만 예은을 안타까워하는 것이 그녀의 갈망에 공감해야만 가능한 일은 아닐 것이다.

"혹시 내가 도움을 줄 수 있는 일이 있으면 주저 없이 부탁해. 그리고 곡정이도 말은 안 했지만 방법을 찾아보고 있을 거야. 그러니까 야속하다고 생각하진 말고."

서하령은 결심했다. 자신의 연단술사로서의 다음 연구 주제는 그녀를 위한 것으로 해야겠다고.

문득 예은이 말했다.

"아, 그리고 보니 언니가 없는 동안 그분 소식이 들어왔어요."

"응? 혹시 귀혁 아저씨?"

"네, 두어 달 전쯤에 가연국에서 돌아오셨다고 해요."

은퇴한 귀혁의 소식은 지속적으로 전해져 왔다. 그는 별의 수호자 조직을 이용하는 경우가 많았고, 그런 경우가 아니면 종종 폭풍권호가 활동하는 경우를 보면 되었다.

지금까지 파악된 바로는 그는 위진국으로 넘어가서 청해 군도로 갔었고, 다시 하운국으로 돌아왔다가 운성왕자의 동행으로 가연국으로 향했다. 그리고 꽤 오랫동안 소식이 없었는데…….

"그 후로는?"

"죄송해요. 거기까지는…….."

"아, 아냐. 내가 알아볼게. 정보부를 닦달하면 뭔가 이야기가 나오겠지."

마음이 급해진 서하령은 예은과 작별해서 정보부로 달려갔다.

13

진해성 남부의 소도시 부허.

그곳에는 일존구객의 일원으로 명성을 떨치는 유성검룡 천유하가 후견하는 것으로 유명한 일야문이 있었다.

천유하가 일야문의 첫 제자로 받은 은수와 은우 형제도 어 느덧 장성해서 청년이 되었다. 은수는 스물한 살, 은우는 열 아홉 살이 되었고 지난 9년간 천유하에게서 무공을 지도받았 기에 이제는 일야문의 이름을 내걸 수 있을 정도로 실력을 쌓 았다.

일야문은 3년 전에 새로운 제자들을 받아서 문도가 열 명 으로 늘었다.

하지만·아직도 일야문의 문주 자리는 공석으로 남아 있었 다.

천유하는 은수가 스물한 살이 되었을 때 일야문주로 임명 하려고 했으나 은수가 거절했다. 어느 정도 무인으로서 틀이 잡히긴 했지만 문주로 나서기에는 너무나 부족하다는 이유였 다.

"성취의 문제가 아닙니다. 저는 아직 일야문의 무공을 제 대로 전수받지도 못했습니다. 이런 상태에서 문주가 되는 것 은 너무 이른 것 같습니다."

은수의 의견에 천유하도 공감했기에 그 일을 좀 더 훗날로 미뤄두었다.

그런 일야문에는 강호에 명성 높은 한 사람이 손님으로 와 있었다.

"풍성 님, 정화 작업은 관군이 맡겠다고 합니다."

시커먼 옷을 입은 중년의 풍성 호위대주가 보고하는 대상은 긴 백발에 신비로운 푸른 눈동자를 지닌 아름다운 용모의 청년, 마곡정이었다.

"그래? 그럼 이제 우리는 신경 꺼도 되겠군. 수고했어. 내가 부를 때까지는 편히 쉬고 있도록."

"알겠습니다."

흑영신교 최후의 날에 형운이 죽고, 얼마 안 지나서 귀혁이 은퇴하고 나자 하운국을 담당하는 오성 중 두 명이 부재하게 되었다. 장로회는 총단을 비롯한 하운국 조직을 수호할 이들의 자리를 급히 메꿔야만 했다.

초후적은 영성이 되었고, 척마대주였던 백건익이 수성의 자리를 메꿨다.

사실 백건익의 수성 취임이 발표되었을 때만 해도 마곡정은 드디어 자기가 척마대주가 될 때가 왔구나 하고 생각하고 있었다. 척마대 내부의 여론도 그랬으니까.

하지만 장로회는 마곡정을 척마대주가 아닌 풍성의 자리

에 올려 버렸다.

후보는 마곡정 말고도 몇 명이 더 있기는 했다. 하지만 흑영신교와의 전투로 전사한 이선광이 그랬듯 나이 든 자들이 대부분이었고, 유력한 후보였던 파견 경호대주 손두언은 깊은 내상을 입어서 긴 휴식기에 들어가 있었기에 마곡정이 임명된 것이다.

스물일곱 살 때 수성에 취임한 형운보다도 더 젊은, 스물여섯 살에 풍성으로 취임한 마곡정을 향한 시선에는 불안과 의심이 섞여 있었다.

하지만 그 후로 4년간 마곡정은 풍성으로서 잘해왔다. 이제는 누구도 마곡정에게 풍성의 자격이 있는지 의심하지 않는다.

그렇게 된 것에는 나날이 커져가는 마곡정의 명성도 한몫했다.

풍성 취임 전에도 마곡정의 명성은 드높았다. 워낙 인상적인 외모를 지닌 데다가 척마대 부대주로 활동한 기간이 길었기 때문이었다.

거기에 4년간 암천동맹과 전국 곳곳에서 깨어난 고대의 위협들을 격파하는 업적이 더해지자 사람들은 설풍미랑의 이름을 일존구객의 일원으로 올리는 데 주저하지 않았다.

천유하가 물었다.

"그럼 이제 우리 일은 끝난 건가?"

"추가로 뭔가 일이 터지지 않는다면 말이지."

두 사람은 황실의 요청으로 호장성에 나타난 요괴를 토벌하는 작전을 수행했다.

영격을 기준으로 보면 고위 요괴지만 워낙 위험한 특성으로 인해 재해가 된 고대 요괴가 암천동맹에게 잡아먹히면서 걷잡을 수 없는 사태가 벌어졌다. 수백 명의 피해자가 나오고, 관군에서도 500명이 넘는 전사자가 나온 후에야 사태가 수습되었는데 마곡정과 천유하가 아니었다면 얼마나 피해가 확산되었을지 몰랐다.

문득 마곡정은 천유하의 품에 시선을 주었다.

천유하는 세 살배기 여자아이를 안고 놀아주고 있었는데 그 모습이 범상치 않았다. 허공섭물을 이용해서 아이를 마치 곡예라도 부리듯 몸 주변을 다양한 자세로 떠다니게 하고 있었던 것이다.

"령이는 갈수록 예뻐지네."

마곡정의 말에 여자아이가 까르르 웃으며 말했다.

"마 아저씨가 그렇게 말씀하시면 놀리는 거 같아요."

세 살 아이치고는 무척이나 또랑또랑한 발음이었다. 마곡정을 향한 눈빛이 또렷해서 자기가 무슨 말을 하는지 정확히 의미를 이해하고 있는 게 분명했다.

천유하가 허공섭물을 풀고 놓아주자 여자아이는 잠시 비틀거리더니 마곡정에게 달려가 안겼다.

"마 아저씨가 유부남만 아니었으면 내가 시집가는 건데, 아깝다."

"요 녀석, 함부로 그런 말 하지 마라. 너네 아빠가 아주 그냥 눈에서 불을 뿜을 기세로 날 노려본단 말이다."

"흥흥, 그래두 마 아저씨가 세상에서 제일 잘생겼는걸."

세 살배기 주제에 깜찍하게 웃는 여자아이는 천유하의 딸이었다.

자예령은 흑영신교 최후의 날 이후 얼마 지나지 않아 임신했다. 그리고 귀엽고 영특한 딸을 낳았으니 이름은 천이령이라 하였다.

"너도 참……."

자랄수록 네 엄마를 쏙 빼닮았다고 하려던 마곡정은 움찔하며 그 말을 삼켰다.

자예령은 이제 없다.

천이령을 출산하고 나서부터 조금씩 건강이 안 좋아지다가 결국 반년 전에 숨을 거두고 말았다.

천유하가 그동안 거의 강호 활동을 하지 않은 것은 최대한 자예령의 곁에서 많은 시간을 보내고 싶었기 때문이다. 그녀가 천유하를 찾아온 그날부터 이별은 예정되어 있었다. 그 후로 4년여의 시간을 함께할 수 있었던 것만으로도 감사해야 할 일이리라.

천유하도 자예령도 피할 수 없는 운명을 알았기에 이별까지의 시간을 슬픔에 젖어 보내는 것이 아니라 행복한 시간으로 만들고자 최선을 다해 노력했다. 자예령이 숨을 거두는 날까지 천유하는 만인을 위해 살아가는 협객이 아니라 사랑하는 한 사람을 위해 살아가는 남자였다.

자예령은 스스로 행복하다 느끼며 눈을 감았지만 단 한 가지, 아직 어린 딸을 남기고 간다는 사실만은 안타까워했다.

그녀를 보내고 나서 천유하는 딸과 함께 슬픔을 극복하기 위해 노력해 왔다.

다행스러운 점은 천이령이 엄마 잃은 슬픔을 견뎌내고 있다는 점이다.

자예령은 생전부터 딸에게 자신의 운명을 이야기하며 이별을 준비했다.

세 살도 안 된 어린아이에게 그런 이야기를 해봤자 무슨 의미가 있을까 싶었지만, 천이령은 범상치 않은 영특함을 지닌 아이였다. 그녀는 어머니가 말하는 잔혹한 운명을 이해했고, 슬퍼하면서도 받아들였다.

천유하는 그녀의 영특함과 어른스러움이 대견하고 고마웠다. 그리고 마음 아팠다. 아빠 엄마 품에서 세상의 힘든 부분은 하나도 모르고 보살핌받으며 자라야 할 나이인데, 벌써부터 크나큰 상처를 주고 말았다는 사실이 죄스러웠다.

"령아, 아빠랑 아저씨랑 할 이야기가 있으니 잠깐 다른 데가서 놀렴."

"네에. 하지만 아빠, 마 아저씨 너무 오래 독점하면 안 돼요. 오랜만에 왔으니까 마 아저씨 얼굴 오래오래 감상하고 싶단 말이에요."

"……."

천이령은 깔깔 웃으며 도망치듯 자리를 떴다.

그리고 천유하의 고개가 전광석화처럼 마곡정에게로 향했다. 자신에게 눈을 부라리는 그에게 마곡정이 딱 잘라 말했다.

"매번 말하는 거지만 내 잘못 아니다."

"네 잘못이야. 어딜 봐도 네 잘못이 확실하다! 네가 지나치게 잘생기지만 않았어도 령이가 저런 소리는 안 했을 거 아냐!"

"야, 그건 아니지!"

"당장 가서 못생겨지고 와!"

"자기가 무슨 말 하는지는 알면서 하고 있냐?"

천유하와 마곡정이 30대 유부남 둘의 대화라고는 믿을 수 없을 정도로 유치하게 티격태격했다.

한참 그러다가 천유하가 좀 이성을 회복하자 마곡정이 말했다.

"령이, 자랄수록 제 엄마 닮아가는 것 같네."

"많이 닮았지?"

"이령이는 자기 출신은 알고 있냐?"

"아직. 하지만 워낙 똑똑한 아이라 어렴풋이 눈치채고는 있는 것 같아."

천이령은 객관적으로 봐도 천재적인 지능의 소유자였다. 도저히 세 살배기 어린아이라고 볼 수 없을 정도로 영특한 데다 사람의 마음을 알아차리는 눈치까지 있었다.

하지만 천유하는 그 사실에 놀라거나 당황하지는 않았다. 그 본인부터가 하늘이 내린 재능의 소유자라는 성운의 기재인 데다 워낙 천재들을 많이 봐와서 천이령의 재능을 담담하게 받아들일 수 있었던 것이다.

마곡정이 물었다.

"황실에서는 아무 말도 없어?"

"한 번 있었어. 황족으로 받아들이겠다고."

"거절했겠군."

"응, 예령이랑 정했거든. 령이는 자유롭게 살게 하자고. 물론 령이가 그러길 원한다면 그 뜻을 존중하겠지만… 나중의 일이지."

자예령은 어려서부터 천유하를 연모하는 마음과 황족이라는 신분 사이에서 괴로워했다. 그렇기에 딸인 천이령은 자신과 천유하의 딸로서 자유롭게 살기를 바랐던 것이다.

"하지만 령이의 장래에 대해서는 고민이 많아. 딸이 너무 영특해서 걱정하게 될 줄은 몰랐는데……."

"무인으로 키우진 않을 거야?"

"기초는 가르치고 있지만… 냉정하게 말해서 무재(武才)가 뛰어나진 않아. 다른 길을 하나씩 짚어봐야지. 자기 길을 결정하기 전에 최대한 많은 선택지를 경험해 보게 하고 싶어. 그래서 말인데… 도움을 좀 받을 수 있을까?"

"언제 한번 와. 각 분야별로 준비를 좍 해놓고 기다릴 테니까."

마곡정이 씩 웃었다. 별의 수호자에서라면 모든 분야에서 충분한 가르침을 받을 수 있다. 그리고 마곡정은 천이령이 어떤 길을 고르더라도 최고의 환경을 마련해 줄 생각이었다.

"고맙다."

"고마운 줄 알면 내 얼굴 갖고 뭐라고 하지 마라, 응?"

"으음, 그건 좀… 장담 못 하겠는데."

"야, 고맙다는 말의 울림이 사라지기도 전에 배은망덕하게 나오기냐?"

"뭐, 사람 마음이 그런 거 아니겠냐? 아, 그러고 보니……."

피식 웃은 천유하가 문득 생각났다는 듯 화제를 돌렸다.

"어르신의 소식은 좀 들려?"

그가 말한 어르신은 귀혁이었다.

마곡정이 고개를 끄덕였다.

"마지막으로 들린 소식이 두 달 전인데… 가연국에서 돌아 오셨어."

"무사히 돌아오셨군."

"뭐, 그 영감님이야 어딜 가도 무사히 돌아올 사람이잖아."

"그래도 가연국에 대해서는 알려진 게 거의 없으니까. 그 럼 그 후로는?"

"몰라."

"음?"

"운성왕자 전하와 함께 청운성으로 돌아온 것까지는 확인 되었는데 그 후의 행적에 대해서는 알려지지 않았어. 분명한 건 청운성을 떠나서 서쪽으로 향했고, 애를 한 명 데리고 있 었는데 어떤 관계인지 명확히 밝히지 않았지만 아마 제자라 고 추정된다는군."

"제자라… 가연국에서 인연이 닿은 건가?"

"아마도. 가연국에서 있었던 일에 대해서는 우리도 잘 알 수가 없어서 무슨 사정인지는 모르겠어. 하지만 다들 의외라 는 반응이긴 해."

"어르신이 또다시 제자를 받았다는 것 자체가 의외이긴 하지."

귀혁은 총 열한 명의 제자를 두었다.

그중에서 현재 활동하고 있는 제자는 여덟 명이다. 흑영신교 최후의 날 형운과 양우전이 사망했고, 그 후로 4년이 지나면서 한 명이 부상으로 젊은 나이에 은퇴했던 것이다.

"어르신의 여행 목적이 뭔지는 알아냈나?"

그동안 귀혁은 온 세상을 돌아다녔다. 위진국의 청해군도까지 갔다가 하운국으로 돌아와 설산에 들르더니 황실에 찾아가 운성왕자와 함께 가연국에 다녀온 것이다.

하지만 그가 대장정을 계속하는 이유에 대해서는 별의 수호자의 상층부조차 몰랐다. 그저 세상을 유람하고자 하는 것이 아니라 명확한 목적이 있으리라 추측할 뿐.

"짐작이야 하고 있지만 확실한 건 아무것도 없지. 이번에 가연국에서 제자를 들인 것 같다는 소리를 들으니까 그 짐작도 빗나간 거 아닌가 싶고……."

"청해군도, 설산, 그리고 가연국과 서쪽이라… 혹시 야만의 땅으로 가신 건가?"

"가능성은 충분하지."

하운국 관군이 국경을 통제하고 있지만 귀혁이 넘어가고자 하면 못 갈 리가 없다.

하지만 귀혁이 왜 야만의 땅으로 넘어간단 말인가?

천유하가 물었다.

"네가 짐작한 게 뭔지 말해줄 수 있나?"

"딱히 기밀도 아니니 말해주는 건 문제없지. 그 영감님이 온 세상을 돌아다니는 이유는 아마도……."

마곡정이 자신이 짐작한 바를 말해주자 천유하는 놀라서 눈을 크게 떴다.

14

하운국 최북단, 북방 설산은 언제나 그래왔듯 지금도 얼어붙은 땅이었다.

이곳에서 살아가는 이들에게 있어서 눈과 얼음은 친숙한 존재다. 사시사철 언제나 주변에 있기에 이곳에서 나고 자란 이들은 얼어붙지 않은 세상을 상상하기도 어려워했다.

"문주!"

고인이 된 전 문주 이자령의 제자이며, 이제는 백야문의 장로로 불리는 주미령은 눈 덮인 산을 헤매고 있었다. 한 사람을 찾기 위해서였다.

"문주, 당장 나와!"

문주를 부르는 말치고는 꽤나 불손했지만, 현 백야문주는 그녀의 사매였고 나이도 훨씬 어렸다. 그리고 무공이 뛰어난데 비해 자잘한 일 처리에 서툴러서 문파의 실무는 거의 주미령이 처리하고 있었기에 발언권이 대단히 강력하기도 했다.

게다가 그녀는 화가 나 있었다.

"당장 안 나오면 난 그냥 갈 거야! 짐 싸서 강호로 휴가 나가 버릴 테니 그리 알아! 나 없이 우리 문파 잘 굴러가나 두고보자!"

"그건 안 돼!"

푸확!

갑자기 땅을 덮은 눈이 터져 나가면서 다급한 외침이 울려퍼졌다.

산산이 흩어지는 눈 속에서 한 소녀가 모습을 드러내었다. 조금 전까지 눈 속에 파묻혀 있었다고는 믿을 수 없는 모습의 소녀였다.

주미령이 눈을 치켜떴다.

"역시 다 듣고 있었으면서도 계속 숨어 있었다 이거지?"

"헤헤헤, 에이, 아니에요, 사저. 수련에 열중하다 보니 심령이 자연지기와 동화되어서 대답을 못 한 거라구요."

"퍽이나."

주미령이 코웃음을 쳤다. 그러자 소녀, 백야문주 진예가 주미령에게 달라붙어서 애교를 떨었다.

"정말이에요. 수련에 열중하다 보니 시간 가는 줄 몰랐다니까요. 아, 이거 참 진짜인데 어떻게 설명할 길이 없네. 사저가 빙백무극지경에 올랐으면 알아줄 텐데."

"지금 나 떠나라고 등 떠미니? 사실은 그러길 바라는 거지?"

애교를 떨고는 있는데 말하는 내용은 도발로밖에 안 들린다. 말실수를 했다는 것을 깨달은 진예가 흠칫하더니 슬그머니 눈길을 피했다.

주미령은 그런 진예를 한 대 쥐어박고는 깊게 한숨을 쉬었다.

"우리 문주님은 나이도 안 먹고 철도 안 들고… 후우."

모르는 사람에게 진예를 보여주면 절대 서른두 살 여성이라고는 생각하지 못할 것이다. 그녀는 마치 10대 때 시간이 정지해 버리기라도 한 것 같은 동안이었다.

문주가 되면서 남들 보는 앞에서는 몸가짐에 신경을 쓰기 시작했지만 근본적으로는 여전히 어린 시절의 성품이 고스란히 남아 있었다. 지금만 해도 남자들이 보면 어디 눈 둘 데를 찾기 힘든, 어깨와 다리가 다 드러나는 차림새가 아닌가?

'어리광 부릴 사람을 고르는 것만으로도 장족의 발전이긴 한데……'

이해를 못 하는 바는 아니다. 진예는 자유분방한 성품의 소유자였다. 남들 눈길을 신경 써가면서 문주로서 어울리게 행동하는 것 자체가 피로한 일이리라.

하지만 그녀의 어리광을 받아줘야 하는 주미령 입장에서는 참 짜증 난다.

"저번에 분명히 제자를 골라서 가르치겠다고 했지."

"그랬던가요? 워낙 일이 많아서 정신이 없던 때라 그런가 잘 기억이……."

"그랬어! 그런데 뭐? 강호행?'

진예는 주미령에게 비밀로 강호행을 결정했던 것이다. 나중에 알고 보니 설운성에 내려간 길에 척마대와 접촉해서 협력을 약속했다나.

"흠흠, 그건 문주로서 사부님의 명성에 누가 되지 않고자 하는 뜻이에요. 백야문의 이름을 드높여야죠."

"네 명성은 이미 충분하거든? 일존구객은 빈자리도 없이 꽉꽉 차서 당분간은 거기 이름 올리지도 못해!'

"그게 중요한가요? 민중이 도탄에 빠져 있는데 어찌 도움의 손길……."

"바깥의 민중 생각하기 전에 여기부터 생각해라, 응?'

주미령이 얼굴을 들이밀며 으르렁거리자 진예가 움츠러들었다.

슬그머니 고개를 돌린 그녀가 입술을 삐죽였다.

"그치만······."

"뭐가 그치만이야?"

"잘 모르겠단 말이에요. 제자를 어떻게 고르고 가르쳐야 할지."

주미령이 움찔했다.

진예가 조심스럽게 변명을 늘어놓았다.

"이렇게 말하면 사저가 화낼 게 뻔한데··· 난 진짜 누구 가르치는 건 자신 없어요. 사저한테도 못 가르쳐 준 걸 어떻게 애들한테 가르쳐요?"

"······."

확실히 진예는 남을 가르치는 데 소질이 없었다. 거의 절망적인 수준일지도 모른다.

진예는 자신의 성취를 사저인 주미령을 비롯해서 앞으로 백야검문을 이끌어갈 이들에게 전수하여 백야문의 무공 수준을 끌어올리고자 시도한 적이 있었다.

결과적으로 그 시도는 대실패로 끝나고 말았다.

진예가 윤극성에서 천극무상검을 연구해서 얻은 성과, 백설설야검(氷魄雪夜劍) 무상령(無想令)은 아직도 그녀 자신 말고는 제대로 익힌 자가 없었다. 주미령은 물론이고 평생 동안 백야문 무공을 연마한 장로들조차도 아직까지 그 요체를 이론화하지 못했다.

진예는 철저한 감각파 무인이다. 어린 시절부터 남들하고는 보는 세상 자체가 달랐다.

그녀는 남이 지닌 기술은 행동으로 보여주기만 해도 순식간에 그 본질을 파악하고 습득하는 능력이 있었지만 정작 자신의 기술을 남에게 가르치는 것은 어려워했다. 그녀에게는 한번 보면 직감적으로 알게 되는 것을, 남에게 이해시키기 위해서는 세세하며 명쾌한 설명이 필요했기 때문이었다.

진예가 한숨을 쉬며 본심을 고백했다.

"그래서 이번에 나가는 김에 별의 수호자 총단을 방문해서 하령이한테 좀 도움을 받으려고 했어요."

"천음권후에게? 무슨 도움을?"

"하령이는 나하고 달리 말로 설명하는 거 잘하거든요. 그 요령 좀 배워 오려고 했죠."

서하령은 진예에게 있어서 몇 안 되는 '무공에 대해서 말이 잘 통하는' 대상이었다.

자신이 남들에게 설명하기 어려운 감각을 툭 던지듯이 말해도 척척 알아들어 준다. 뿐만 아니라 그것을 누구나 이해할 수 있게 풀어서 설명하는 재주까지 갖췄다.

그것은 무인으로서의 자질이라기보다는 무학자 혹은 지도자의 자질이다. 진예는 그 재주를 배울 필요성을 느꼈다.

"흠……."

주미령은 짜증을 가라앉히고 진지하게 생각에 잠겼다.

진예의 말에는 일리가 있다. 변명으로 주워섬긴 말이 아니라 나름대로 많은 생각을 하고 내린 결론이라는 것이 느껴졌다.

그 사실을 이해한 주미령은 다시금 울컥했다.

"그럼 그렇다고 말을 하든가!"

"제자 받으라고 다그치는 사저가 너무 무서워서 그만⋯⋯."

"후우, 앓느니 죽지. 알았다, 알았어! 솔직히 제자 후보로 고른 애들 중에 네가 똥처럼 가르쳐 주면 금처럼 알아들을 재주가 있는 애는 없는 것 같으니⋯⋯."

장로들이 신경 써서 자질이 뛰어난 아이들을 후보로 고르기는 했다. 하지만 별세계를 노니는 진예의 감각을 이해할 수 있을 정도의 자질이냐고 하면 고개를 젓게 된다.

진예가 찰싹 달라붙으며 말했다.

"헤헤, 사저. 제가 사저만 믿고 사는 거 알죠?"

"이년아, 다 큰 것이 어디서 귀여운 척이야. 떨어져."

주미령이 진예를 쥐어박고는 말했다.

"그리고 손님 오셨다. 눈에 안 띄게 돌아가서 옷차림 바로 하고 나와."

"손님요?"

"암야살예."

"아."

그 대답에 진예는 손님의 방문 목적까지 알 수 있었다.

"알았어요. 가요."

두 사람은 눈 위를 미끄러지듯 답설무흔의 경공을 펼쳐서 백야문으로 향했다.

15

암야살예 자혼은 백야문주 진예의 뒤를 따라서 백야문 지하에 있는 비처로 들어섰다.

동시에 설산이나 설운성의 여성처럼 보였던 그녀의 모습이 변했다. 두꺼운 털옷이 몸에 착 달라붙는 새카만 가죽옷으로 변하고 얼굴 위에는 여우 가면이 나타났다. 그것을 벗자 조금 전과는 또 다른, 순진해 보이는 소녀의 얼굴이 드러났다.

진예가 신기해하며 물었다.

"얼굴이 몇 가지나 되는 거예요?"

"영업 비밀이야."

"칫."

비처의 문 앞에 선 진예가 길을 비켜주었다. 그녀는 백야문주로서 자혼의 비처 출입을 허가해 주는 역할일 뿐, 굳이 비처 안에서까지 행동을 감시할 이유는 없었기 때문이다.

"전 내려온 김에 묵상하고 있을 테니 느긋하게 있다 나오셔도 돼요."

"사양하지 않을게."

비처의 문은 얼음으로 이루어져 있었다. 빙백무극지경의 권능으로 만들어낸 얼음은 손을 대기만 해도 얼어 죽을 것 같은 한기를 흘리고 있어서 접근하는 것조차 힘들다.

그런데 진예가 손을 대자 문의 중심으로부터 둥근 구멍이 발생해서 확장되는 게 아닌가?

문이 열리는 게 아니라 빙백무극지경의 권능으로 형태를 바꾸는 것이다. 그렇게 생긴 구멍으로 자혼이 들어가자 금세 흔적도 없이 구멍이 메꿔져서 비처가 폐쇄되었다.

"좀 어때?"

비처의 공기는 숨 쉬는 것만으로도 폐까지 얼어붙을 것처럼 차가웠다. 자혼조차도 이곳에 있는 동안 한기에 저항하기 위해 지속적으로 내공을 소모해야 할 정도였다.

—많이 나아졌다.

비처 안에서 목소리가 아니라 의념의 파동이 전달되어 왔다.

두꺼운 얼음으로 뒤덮인 비처 안쪽에는 얼어붙은 연못이

있었다. 백야문이 보호하고 있는 빙령이 있는 곳이다.

빙령이 잠겨 있는 연못 위에는 커다란 얼음기둥이 있었고 그 안에 한 사람의 모습이 있었다. 긴 검은 머리칼에 온통 시커먼 옷을 입은 남자, 혼마 한서우였다.

"나오는 건 언제야?"

―글쎄, 완전 회복까지는 한 2, 3년 정도는 더 있어야 하지 않을까.

한서우는 얼음기둥에 갇혀 냉동되어 있는 주제에 태평하게 말했다.

그는 만마박사에게 입은 타격을 회복하기 위해 빙령의 힘을 빌리고 있었다.

본래는 스스로 준비한 은신처에서 회복을 꾀했었다. 하지만 절대안정을 취해야 할 때에 흑영신교 최후의 날 무리하는 바람에 상태가 심해졌다.

형운이 시간 역행을 일으킨 덕분에 최악은 면했다. 하지만 그래도 긴 회복 기간이 필요해진 것은 어쩔 수 없었다.

자혼이 피식 웃었다.

"뭐, 죽음에서 부활하는 대가라고 생각하면 싸게 먹히는 거네."

―그렇지.

"어쨌거나 부탁한 일은 처리해 뒀어."

―고맙군.

"덕분에 나도 오랜만에 제자도 봤으니까 이번 일은 무상으로 해줄게."

―고마워서 눈물이 날 것 같은데?

"하지만 그 예지는 좀 생뚱맞은 거 아니야? 얼어붙은 바다에서 별의 아이와 만난다니⋯⋯."

―귀혁은 뭐라고 하던가?

"서쪽으로 가겠다던데?"

―서쪽으로?

"응, 이유는 말 안 해주던데⋯ 얼어붙은 바다라면 북빙해(北氷海)일 텐데 왜 야만의 땅으로 넘어간 거지? 그 예지 제대로 된 거 맞아?"

―의식이 빙령과 동화된 상태에서 본 거니까 확실할 거야. 꿈을 꾸듯 모호해서 나도 정확한 의미는 모르지만.

회복 기간 동안 한서우는 거의 대부분 잠들어 있다. 그리고 그 잠들어 있는 시간 동안 꿈을 꾸듯 미래의 가능성들을 보고는 하는데, 혼원령의 힘이 빙령과 동조하면서 평소보다 훨씬 먼 곳의 일들을 보게 되는 경우가 있었다.

―그리고 오늘 와달라고 한 건 새 예지 때문이야.

"또 무슨 불길한 이야기를 들려주려고 이러실까?"

―백령회에 경고해 줘. 광운산맥 남부에서 깨어나는 것은

괴령과 싸워 패했던 대마수라고. 아마 백령회의 힘만으로는 대적할 수 없을 테니 인간과 협력하라고도 해주고.

"…그건 또 언제 깨어나는데?"

—나도 몰라.

"……."

—전에도 말했다시피 여기서 꿈을 꾸면서 보는 예지는 의식적으로 행할 수도 없고, 구체화하는 것도 불가능해. 깨어났을 때는 거의 대부분 잊어버리고 파편만이 남지. 하지만 아마 이 예지를 전해주면 구체적인 시기는 백령회의 무언이 알아낼 수 있을 거야.

"큰 예지를 단서로 삼아서 작은 예지로 구체화를 하라 이거군. 난해한걸."

—원래 내 전공이 단기 예지인데 말이지.

"어쨌든 그 예지대로라면 4년간 깨어난 놈들 중에서는 최고 거물이겠는걸. 의뢰는 접수할게. 의뢰비는 달아두고 꼬박꼬박 이자 계산해 둘 거니까 얼른 나와서 갚으시고."

—파산할까 두려워서 나가기 싫어지는걸.

"백 년을 처박혀 있어도 나는 살아서 이자 계산하고 있을 거니까, 세월을 방패막이로 삼는 건 꿈도 꾸지 마셔."

자혼은 순진한 소녀의 얼굴로 해맑게 웃으며 비처를 나섰다.

그녀가 나가고 나자 한서우는 다시 잠에 빠져들었다. 깨어
나면 한 줌도 기억하지 못할 꿈속 세계에서 그는 그리운 영혼
의 향취를 느꼈다.

'유설.'

어딘가 먼 곳에서 그가 그리워하는 영수 소녀가 느껴졌다.
한서우는 자기도 모르게 그녀가 있는 곳으로 향했다.

그가 유영하는 꿈의 세계는 측량할 수 없는 혼돈이다. 과거
와 현재와 미래가 전혀 정돈되지 않은 상태로 뒤섞여 있었다.

의식이 먼 곳으로 날아간다. 어디인지도 언제인지도 알 수
없는 시공의 한 지점에서 한서우는 그리워하는 사람을 보았
다.

한 소녀가 들판을 달리고 있었다. 여우 한 마리와 함께 달
리기 시합을 하던 소녀가 돌부리에 걸려서 넘어진다.

'아.'

어느새인가 그 앞에 서 있던 한서우가 소녀에게 손을 내밀
었다. 울먹이던 소녀는 한서우의 손을 붙잡고 그의 얼굴을 보
더니 멍한 표정을 짓는다.

'너는······.'

한서우의 표정 역시 소녀와 똑같았다. 그의 손을 잡은 소녀
의 얼굴은 그가 그리워하는 영수 소녀와 너무나 닮았으니까.

형언할 수 없는 침묵이 흘러간 후, 소녀가 웃는다. 그 해

맑은 웃음에 한서우는 눈물이 흐를 것 같은 기분에 사로잡
혔다.

그렇다. 이 소녀는, 그리고 이 순간은 분명 언젠가…….

16

흑영신교가 사라진 후의 세상은 어찌 보면 그들의 패악에
정점에 달했던 시절보다도 어지러웠다.

먼 길을 여행하는 상인들이나 여행자들은 안전을 지킬 무
력을 필요로 했고, 무인들의 가치는 높아졌다. 그렇기에 딱히
한 곳에 정착하지 않고 떠돌아다니는 무인들도 일을 구하기
쉬운 환경이었다.

"저는 황보상단의 황보윤이라고 합니다. 두 분 덕분에 큰
피해 없이 이길 수 있었습니다. 정말 감사합니다."

중소 규모의 상단, 황보상단을 이끄는 청년 황보윤이 정중
하게 인사했다.

그들은 상행을 위해 인접한 도시로 가던 중 산길에서 습격
을 받았다. 암천동맹의 마인이 이끄는 산적 떼를 상대로 힘겨
운 싸움을 벌이던 중 길을 가던 두 남녀가 그들을 도와주었
다.

차분한 미모의 소녀 기환술사와 사람 좋아 보이는 노무인

이었다.

소녀는 능숙하게 전투 술법을 펼쳤고, 노인은 무기 하나 없는 적수공권으로 산적 떼를 때려눕혔다. 적들을 어린아이 다루듯 한 번 공격에 한 놈씩 쓰러뜨리는 그 무공은 명문정파의 장로급이 아닌가 싶을 정도로 뛰어났다.

"별말씀을. 죽은 사람이 없어 다행이구려."

예의 바르게 대답하는 노인의 행동거지에는 좋은 집안 출신 특유의 기품이 있었으며, 생김새 또한 젊은 시절에는 많은 여성들의 눈길을 받았겠다 싶을 정도로 빼어났다. 그리고 나이가 60대는 넘은 것으로 보이는데도 등이 조금도 굽지 않은 균형 잡힌 장신이라 당당한 존재감이 있었다.

"박사님, 다친 데는 없으세요?"

소녀 술사가 다가와서 하는 말에 황보윤이 고개를 갸웃했다.

"박사?"

"내 별명이라오. 아이들 상대로 얕은 지식을 자랑하며 살았더니만 아이들이 만물박사라고 부르더군."

"하하. 그렇군요. 하지만 노사의 지식은 결코 얕을 것 같지 않습니다. 존함을 들을 수 있겠습니까?"

"서우현이라고 하오. 이 아이는 내 일행인 신영이고."

"혹시 별호는 없으십니까?"

그 말에 황보윤이 의아해하며 물었다. 노무인의 실력을 보면 꽤나 무명을 떨쳤을 것 같은데 들어본 적이 없었기 때문이다.

서우현이 빙긋 웃었다.

"나는 은거기인이신 사부님을 만나 무공을 익혔으나 얼마 전까지는 고향에만 처박혀 살았다오. 그러니 별호 같은 것은 없소이다. 들어본 적이 없는 것도 당연하오."

"아, 그렇군요. 너무나 훌륭한 무공이라 당연히 협명이 자자하실 거라 여겼습니다. 하하하."

"과찬이시오."

"혹시 목적지가 어디신지 여쭈어도 되겠습니까? 이것도 인연인데 괜찮으시다면 저희 상단과 동행해 주시면 감사하겠습니다."

서우현은 잠시 생각해 본 다음 황보윤의 제안을 받아들였다.

인근 마을에 도착하여 식사를 마친 뒤, 서우현은 황보세가의 인원들과 떨어져 소녀 술사 신영과 둘이서 대화를 나누었다.

신영이 말했다.

"죄송해요. 저 때문에 왔던 길을 돌아가게 되어서……."

"마음 쓰지 말거라. 어차피 최종적으로는 진모로 가게 되었지 않느냐? 게다가 비용도 저쪽에서 내주고 사례금도 준다고 하니 잘되었지."

본래 두 사람의 행선지는 황보상단의 본거지인 진모였다. 어차피 황보상단이 상행을 마치고 진모로 돌아갈 것이기에 제안을 받아들였던 것이다.

"그나저나 술집에서 들었는데 슬슬 우리도 이름이 알려지는 모양이다. 하긴 인근에서 몇 번이나 사람을 구하고 다녔으니 당연한 결과겠지."

"죄, 죄송해요."

"죄송할 게 뭐가 있느냐? 마음 가는 대로 옳은 일을 한 것인데. 영이 너는 흑서화(黑書華)라는 별호로 소문이 나는 모양이더구나."

신영은 붓으로 만들어진 기물로 허공에 먹물처럼 검은 글씨를 써서 술법을 발했다. 그 모습을 본 사람들이 그런 별호를 붙인 모양이다.

문득 신영이 말했다.

"그러고 보니 어젯밤에 이상한 꿈을 꾸었어요."

"네가 이상한 꿈이라고 말하니 신경 쓰이는구나. 또 예지몽이더냐?"

신영은 종종 꿈에서 언제 어딘지 모르는 순간을 보고는 했다. 그리고 그 순간을 높은 확률로 현실에서 마주해 왔기에 우현이 예지몽이라고 부르는 것이다.

신영이 고개를 갸웃했다.

"아마 그건 아닌 것 같아요. 벌건 대낮에 검은 유성이 하늘을 가로질러 서쪽으로 떨어지는 꿈이었거든요. 아주 멀리, 가본 적도 없는 어딘가의 얼어붙은 바다예요. 그리고 키가 큰 노인과 그림자가 없는 여자가 그곳으로 찾아가는… 그런 꿈이었어요."

"확실히 이상한 꿈이로구나."

서우현은 그것이 예지몽이 아니라고 말하지는 않았다.

이윽고 신영이 자기 방으로 올라가 잠들고 나자 서우현도 자신의 방으로 와서 침대에 걸터앉았다. 하지만 불을 끈 그는 잠을 청하는 대신 어둠을 바라보며 생각에 잠겼다.

'예지몽이다. 신녀께서 꿈에서 저런 광경을 보셨는데 그게 예지몽이 아닐 리 없지.'

사람 좋은 노무인의 모습을 한 서우현의 진짜 정체는 만마박사였다.

그리고 신영의 정체는 신녀다. 하지만 그녀는 자신이 흑영신교의 신녀였다는 사실을 모르고 있었다.

'신과 인간의 계약. 우리가 현재를 살아가고 있듯 그 대가도 제대로 지불되었단 말인가? 하지만 검은 유성이라면 그날의 일일 텐데…….'

4년 전, 흑영신교 최후의 날…….

시간이 되감기면서 파괴된 것들이 복원되고 죽은 자들이

살아나는 기적이 일어나는 동안 만마박사는 한 가지 기이한 광경을 보았다. 기적의 중심에서 서쪽 지평선을 향해 한 줄기 검은 유성이 떨어져 내렸던 것이다.

만마박사는 신영이 꿈에서 본 검은 유성이 바로 그것이라고 생각했다.

'예지의 의미가 모호하군. 하긴 이제 와서 내가 신경 쓸 일은 아니겠지만……'

그날, 형운에게 패한 흑영신교주는 죽기 전에 한 가지를 소망했다.

신화시대부터 계속되어 온 장대한 투쟁의 끝에서, 흑영신에게는 지상에 많은 것을 남길 여지가 있었다. 흑영신교가 모든 것을 희생해 모은 방대한 신기가 있었기 때문이다.

그러나 흑영신은 그 모든 기회를 포기하고 자신의 화신이 품은 인간으로서의 소망을 이루어주었다.

'만마박사여.'

역행하는 시간의 급류에 휘말린 가운데 만마박사는 교주의 목소리를 들었다.

'그대에게는 마지막까지 부탁만 하게 되는구나. 부디 그대

의 헌신에 보답하지 못한 나를 용서해 다오.'

마지막 순간, 신화시대에 종언을 고한 인간과 패퇴한 신 사이에 어떤 거래가 이루어졌다.

만마박사는 그 거래의 구체적인 내용까지는 몰랐다. 다만 거래가 성사되어서 흑영신교주의 마지막 소망이 이루어졌음을 알 뿐이다.

'나의 반려를 부탁한다. 부디 그녀가 고통스러웠던 운명을 잊고 행복하기를……'

흑영신교주는 마지막까지 인간이어야 했다. 그리고 그를 인간일 수 있게 해준 것은 연옥을 구원하는 대의에 비하면 하잘것없는 욕망들이었다.

그중 가장 큰 마음은 바로 신녀를 향한 애정과 죄책감이었다.

한없이 신에 가까워져 가는 과정에서 교주는 한 가지 의심을 품게 되었다.

어쩌면 흑영신은 신녀에게 가혹한 운명을 강제한 것이 아닐까?

만약 그녀가 겪은 가혹한 일들이 천기를 다투는 과정에서 어쩔 수 없이 타협한 결과물이라면 괜찮다. 흑영신교주는 늦기 전에 그녀를 올바른 길로 구해낸 것을 자랑스러워할 수 있을 것이다.

그러나 만약 신녀가 겪은 모든 불행이 흑영신에 의해 계획되었다면?

모든 것이 스스로의 본질에 대해 무지한 신녀가, 진리를 추종하고 교주에게 의존하도록 계획된 결과였다면?

만약 그렇다면 자신은 그녀에게 얼마나 몹쓸 짓을 저지르고 만 것일까.

흑영신교주는 스스로가 흑영신의 화신임을 알기에, 자신과 흑영신을 동일시할 수밖에 없었다. 그는 마지막까지 그런 의심과 죄책감을 놔버리지 못했다.

그래서였을 것이다. 그는 형운이 고쳐 쓰는 역사에 신녀를 위한 자리를 마련하기를 소망했다.

그 결과 신영은 흑영신교의 신녀였던 모든 과거를 잊었다. 교주에게 구원받기 전까지 겪었던 모든 비극도 기억하지 못한다.

신영이 기억하는 과거는 어린 시절 부모가 병사한 뒤 만물박사라 불리는 서우현의 보살핌을 받으며 자라났다는 것이다. 그녀의 인식 속에서 두 사람은 혈연으로 이어지지는 않았을 뿐, 진짜 조손지간이나 다름없었다.

이 과거는 단순히 신영의 기억만을 조작한 결과가 아니다. 역사를 고쳐 쓴 결과이기에 그녀의 고향 마을은 실존하고 있으며, 그곳의 사람들도 모두 신영의 체험과 동일한 기억을 갖고 있었다.

고쳐 써지기 전의 진짜 역사를 기억하고 있는 것은 오로지 서우현, 즉 만마박사뿐이다.

'교주, 걱정 마시오.'

이제 만마박사는 흑영신교도 만마박사가 아닌 인간 서우현으로 살아갈 의무를 부여받았다.

더 이상 신녀가 아니게 된, 아니, 처음부터 신녀였던 적도 없었던 삶을 부여받은 신영을 위하여.

'그녀는 지금 행복하다오.'

솔직히 이것이 과연 신녀로 불렸던 사람의 행복인가에 대해서 만마박사는 회의감을 갖고 있었다.

자신이 살아온 세월을 모조리 망각하고 조작된 삶을 살아가게 된 신영을 신녀라고 할 수 있을까? 그녀의 삶이 신녀가 겪은 불행한 운명에 대한 보상이 될 수 있을까?

하지만 이제 와서는 모두 부질없는 의문이리라. 만마박사는 지금의 삶에 충실하기로 했다.

두 사람이 세상을 유람하는 것도 신영이 원했기 때문이다. 신녀가 되기 전에도, 된 후에도 새장 속의 새처럼 살아갔기 때문인지 그녀는 자기 눈으로 넓은 세상을 보길 갈구했다.

만마박사는 기꺼이 그녀와 함께 세상 유람을 시작했다. 그에게 허락된 시간이 끝날 때까지 그녀가 바라는 삶을 살아갈 수 있도록 의무를 다할 것이다.

17

중원삼국은 광운산맥 너머 서쪽을 가리켜 야만의 땅이라고 부른다.

그곳은 수많은 인간이 살고 있지만 인류가 지배하지 못하는 땅이었다.

신화시대의 흔적이 곳곳에 남아 있으며 강하고 포악한 존재들이 시도 때도 없이 유혈과 파괴를 일으킨다. 그런 환경에서 인류는 강자가 되지 못했다.

중원삼국을 합친 것만큼이나 광활한 그 땅을 놀라운 속도로 가로지르는 세 사람이 있었다.

"새삼스럽지만……."

추운 숲속 공터에서 모닥불을 피우며 중얼거리는 것은 온통 검은 옷을 입은 여자였다. 얼굴에 반투명한 가면을 쓰고 있던 그녀는 불이 피워지자 가면을 벗으며 입을 열었다.

"언어의 가치라는 것을 통감하게 되는군요."

진저리를 내는 여자는 바로 가려였다.

그 맞은편에 앉아 있던 노인, 귀혁이 짐승 고기로 만든 꼬치를 불 위에 올려두며 말했다.

"이 땅이 지금까지도 야만의 땅이라 불리는 것도 그런 이유겠지. 확실히 나도 이 땅을 얕잡아 보고 있었구나."

처음 야만의 땅에 진입했을 때, 귀혁은 만나는 이들을 통해서 조금씩 언어를 배우려고 시도했다.

노년에 접어들었음에도 자신의 학습 능력이 뻬어남을 확신하기에 할 수 있는 선택이었다. 실제로 그는 가연국에서도 불과 반년 만에 간단한 회화가 가능하게 되었고, 다시 하운국으로 돌아올 때쯤에는 예의를 갖추어 전문적인 이야기를 나누는 것까지도 가능해졌던 것이다.

하지만 귀혁은 얼마 지나지 않아 그것이 부질없는 노력임을 깨달았다.

야만의 땅은 언어가 통합되어 있지 않았다. 하운국의 성 하나만도 못한 지역 안에서도 산 하나만 넘으면 다른 언어를 쓰는 경우가 있을 정도라 귀혁도 두 손 들고 말았다.

"하지만 말을 못 알아들어도 좀 눈치가 있으면 좋겠는데… 왜 주먹이 오가기 전에 주제 파악 하는 사람이 없는지 모르겠네요."

두꺼운 털가죽 망토를 걸친 소녀가 투덜거렸다.

나이는 열서너 살 정도일까? 머리가 짧고 행색이 지저분해서 언뜻 보면 소년처럼 보이기도 한다.

소녀가 투덜거린 이유는 방금 전에 한차례 전투를 치렀기 때문이다.

세 사람은 야만의 땅에 온 뒤로 수십 번의 전투를 치렀다. 상대는 대부분 괴물들이었지만 인간들과 싸운 적도 꽤나 많았다.

야만의 땅은 중원삼국과는 기본적인 가치관이 달랐다. 모두는 아니었지만 자기 부족이 아닌 약자를 약탈하는 것을 죄악으로 여기지 않는 자들이 많았던 것이다.

그래서 인간들을 만났을 때 전투를 거치지 않고 교류해 본 적은 한 손에 꼽을 정도로 적었다.

귀혁이 말했다.

"짐승과 비슷한 기준으로 상대를 가늠해서 그런지도 모르지."

"짐승이라면 덩치로요?"

"그래. 여기에는 큰 놈들이 많지 않더냐? 그리고 우리는 객관적으로 보면 노인, 젊은 여자, 그리고 어린아이로 이루어진 일행이니 얼마나 만만해 보이겠느냐?"

야만의 땅에는 신화시대의 흔적이 짙게 남아 있다. 그래서인지 거인의 혈통을 이은 자들도 많이 보였다. 그리고 그들은 대부분 부족에서 지배자층으로 대접받는 이들이었다.

"큰 놈만 많은 게 아니라 큰 년도 많던데요. 키 큰 건 좀 부럽네요."

"이레 너는 또래치고는 큰 편이잖느냐?"

"상대적으로야 그렇지만 절대적으로는 작잖아요. 당장 두들겨 패줘야 할 놈들이 저보다 크니까 문제죠."

말투가 거친 소녀의 이름은 아이레. 귀혁이 가연국에서 들인 제자로 올해로 열두 살이 되었다.

귀혁이 아이레를 제자로 들인 이유는 처지와 재능 때문이다. 그녀는 가연국의 전쟁고아로, 가연국과 적대 관계인 '떨어진 땅'의 마인들이 국경의 마을을 습격했을 때 죽을 위기에 처했다.

하지만 가연국 황실과의 거래로 전투에 투입된 귀혁에 의해 구원받았다.

이때 귀혁은 그녀가 범상치 않은 재능의 소유자임을 알아보았다. 나이도 어리고, 말단 병사에게 무공의 기초를 배웠을 뿐인데도 마인들과 요괴들을 상대로 천부적인 전투 감각을 보여주었던 것이다.

또한 그녀에게는 영수의 피로부터 비롯된, 바람을 감지하는 감각이 있었다.

귀혁은 아이레가 언젠가 별의 수호자에서 은퇴한 뒤 찾아보려고 했던 제자감에 딱 들어맞는다고 생각했다. 그녀는 폭풍권호의 무공인 폭성공(暴聲功)을 전수받을 수 있는 최적의 조건을 갖추고 있었던 것이다.

귀혁은 감극도를 비롯한 영성 귀혁의 무공을 이어받을 제자가 아니라 폭풍권호의 후계자로 그녀를 골랐다. 어차피 고아 신세이고 뒷바라지를 해줄 사람도 없었던 아이레는 흔쾌히 귀혁의 제자가 되기를 선택했고, 무시무시한 속도로 성장하면서 스스로의 재능을 증명하고 있었다.

"으, 그나저나 점점 추워져서 힘드네요. 여기 사람들은 이런 데서 잘도 사네."

가연국은 중원삼국의 남쪽 바다에 있어서 그런가, 일부 이상기후가 지배하는 지역을 제외하면 따뜻한 기후였다. 그래서 아이레는 중원삼국으로 넘어온 후부터 추위에 약한 모습을 보이고 있었다.

귀혁이 웃었다.

"익숙해지는 게 좋을 거다. 더 추운 곳으로 갈 거니까. 우리의 목적지는 북쪽의 얼어붙은 바다다. 온통 얼음뿐인 곳이지."

"그런 데가 있단 말이에요? 겨울 바다도 그렇지는 않을 텐데……."

전쟁고아인 아이레는 가연국에서도 극히 일부의 좁은 세

상만을 보았다. 가연국에서 나고 자라는 동안 본 세상보다 귀혁을 따라 중원삼국에 와서 야만의 땅을 가로지르는 동안 본 세상이 훨씬 넓고 다채로웠다.

"하지만 정말 그렇게나 추운 곳에 사부님과 언니가 찾는 사람이 있을까요?"

"있을 거야."

딱 잘라 대답한 것은 귀혁이 아니라 가려였다. 그녀는 날카로운 눈빛으로 모닥불을 노려보고 있었다.

"반드시."

반문을 용서치 않는 단호함에 아이레는 더 이상 토를 달지 않았다.

18

중원삼국은 야만의 땅의 시작과 끝을 알고 있었다.

그들이 야만의 땅이라고 부르는 곳은 광운산맥 너머에서부터 시작되어서 대륙 서쪽 끝에 자리한 문명국의 동쪽 국경에서 끝난다.

하지만 그들이 아는 것은 시작과 끝뿐, 야만의 땅 내부가 어떻게 되어 있는지 그 세부적인 형태를 알고 있는 것은 아니었다.

서쪽 국경과 인접해 있는 극히 일부에 대해서 알 뿐, 그 깊숙한 곳에 대해서는 아주 빈약한 정보만이 존재할 뿐이다.

휘이이이이…….

야만의 땅의 북쪽 끝은 하운국의 북방 설산보다도 더욱 북쪽으로 올라간 지점이었다.

하운국의 북방 설산 너머에는 북빙해(北氷海)라 불리는 얼어붙은 바다가 펼쳐져 있다. 그곳에는 문명의 흔적조차 없고 그저 인간 외의 존재들만이 원시적인 삶을 살아간다.

야만의 땅의 북쪽 끝도 마찬가지로 얼어붙은 바다였다. 그러나 땅과 바다가 이어진 지점은 설산 너머와는 다른 형태를 하고 있었다.

일단 그곳에는 인간의 마을이 있었다.

그들 사이에서 땅끝마을이라 불리는 진정한 의미에서 땅끝에 있는 마을이다. 땅과 얼어붙은 바다가 이어지는 지점에 존재하는 그 마을은 평범한 인간들이 사는 곳은 아니었다. 이 마을 주민은 모두 고대에 얼어붙은 바다를 지배했다는 사악한 용신에게 저주받은 이들의 자손이었다.

그들은 이곳이 인간이 살기 좋은 곳이라서 살아가는 것이 아니다. 이곳을 떠나서는 살 수 없는 저주를 받았기 때문에 필사적으로 살아간다.

혹한과 더불어 찾아오는 자연의 변덕에 맞서는 것만으로

도 그들은 필사적이어야 했다. 그런데 거기에 그들을 먹잇감으로 보는 온갖 괴물들까지 있으니, 만약 그들의 신체가 평범한 인간과 같았다면 진즉 멸족당했을 것이다.

다행히 그들은 보통 인간과는 비교도 안 될 정도로 강인했다. 두꺼운 옷 없이도 혹한을 버텨낼 수 있는 그 몸은 사실 인간보다는 영수에 가깝다.

쿠구구구궁……!

땅끝마을에서 멀리 떨어진 지점, 얼어붙은 바다의 표면이 깨져 나가면서 얼음파편들이 거세게 튀어 올랐다. 그리고 그렇게 생긴 구멍으로 거센 물보라가 피어오른다.

"시작되었어."

땅끝마을의 사냥꾼들이 그로부터 멀찍이 떨어진 빙산에 몸을 숨긴 채로 상황을 지켜보았다.

"정말 별의 아이가 파투가를 죽일 수 있을까?"

"믿어봐야지. 달리 희망이 없어. 별의 아이가 패한다면… 우리는 모두 파투가의 간식거리가 되고 말 테니까."

파투가는 고대에 땅끝마을의 주민들에게 저주를 내린 용신의 사도였다.

땅끝마을에 전해 내려오는 전설에 따르면 용신은 일곱 마리의 대마수와 대요괴를 사도로 두어 얼어붙은 바다를 지배했다고 전해진다.

용신은 얼어붙은 바다를 지배하는 것에 만족하지 않고 땅으로 세력권을 넓히고자 하였는데 이때 그와 대적하여 무찌른 것이 땅끝마을의 위대한 조상들이었다. 그러나 용신과 대적하여 지상을 지켜낸 대가로 그들은 땅끝을 떠날 수 없는 저주에 걸리고 만다.

용신의 일곱 사도는 용신이 쓰러졌을 때 얼어붙은 바다 밑 깊숙한 곳에 봉인당했다고 전해진다.

그런데 그중 하나, 푸른 이무기 파투가 얼마 전 기나긴 봉인에서 깨어나 활동을 시작했다.

4년 전에 눈을 뜬 파투가는 처음에는 상태가 온전치 않아서 직접 전투에 나서지 않았다. 대신 얼어붙은 바다의 괴물들을 복속시켜서 그들로 하여금 땅끝마을을 괴롭히게 만들었다.

땅끝마을의 주민들은 용맹하게 싸웠으나 점차 피해가 누적되면서 절망에 빠져들었다.

그런데 그런 그들에게 구원의 손길이 나타났다.

파투가가 깨어나던 날 하늘에서 한 줄기 검은 별이 땅으로 내려왔다. 그리고 반년의 시간이 흐른 후 그 별이 떨어진 지점에서 한 남자가 나타났으니 땅끝마을의 사람들은 그를 가리켜 별의 아이라고 불렀다.

별의 아이는 마치 어른의 모습을 한 갓난아기 같았다. 말도 할 줄 몰랐고 스스로의 이름조차 몰랐다.

그러나 그는 땅끝마을의 그 어떤 전사보다도 강했다.

빙설의 힘을 자유자재로 조종하는 권능은 얼어붙은 바다의 괴물들을 압도했으며, 자기보다 몇 배는 덩치가 큰 괴물들도 맨주먹으로 쳐 죽이는 괴력을 갖고 있었다.

별의 아이와 동맹을 맺지 않았더라면 땅끝마을은 일찌감치 몰살당하고 말았을 것이다.

그러니까 이번에도 믿어볼 수밖에 없다. 인내심이 바닥나서 몸소 전투에 나선 파투가를 별의 아이가 쓰러뜨려 줄 것을.

쿠구구구궁!

얼어붙은 바다가 깨져 나가면서 연이어 폭음이 울려 퍼졌다.

별의 아이와 푸른 이무기 파투가가 격렬한 전투를 벌이는 여파였다.

"크윽……!"

격전의 한복판에서 별의 아이가 튕겨 나왔다.

별의 아이는 긴 검은 머리칼에 6척(약 180센티미터)을 넘는 장신의 청년이었다. 찢겨 나간 옷 사이로 드러난 몸은 조각상처럼 단단하게 단련된 근육질이었고 얼굴 생김새는 땅끝마을 사람들이 보기에는 다소 이질적이었다.

그에 비해 기다란 몸이 푸른 비늘로 뒤덮인 파투가는 머리부터 꼬리 끝까지가 20장(약 60미터)에 달하는 어마어마한 거체의 이무기다. 꼬리를 들어 휘두르는 것만으로도 자연재해에 가까운 파괴력이 발생한다.

별의 아이가 아무리 괴력을 지녔다고 해도 덩치 차이가 압도적인 만큼 신체 능력으로는 당해낼 도리가 없었다. 게다가 파투가의 비늘은 강철보다도 단단하기에 별의 아이가 손발로 때려도 멀쩡했다.

─정녕 무서운 놈이로군! 아무리 내가 오랜 봉인으로 쇠약해졌다고는 하나 나와 필적하는 권능이라니!

그러나 권능에 있어서만큼은 별의 아이와 파투가는 대등했다. 별의 아이가 다루는 빙설의 권능은 파투가가 다루는 수류의 권능에 지지 않고 겨루고 있었던 것이다.

─훌륭하다! 네놈을 먹는다면 나는 과거의 힘을 회복하고도 남을 터!

파투가가 탐욕으로 눈을 빛냈다.

그는 승리를 확신하고 있었다. 자연에서 강함을 판가름하는 가장 기본적인 조건은 바로 체격이다. 그리고 괴물의 영역으로 넘어오면 지닌 기운의 크기가 판단 기준이 된다.

파투가와 별의 아이의 권능은 대등하다. 그러나 질과 출력이 대등할 뿐, 여력에서는 파투가가 앞선다. 거기에 육탄전의 우위가 더해지니 파투가의 승리는 확정적이다.

"헉, 헉……."

별의 아이는 압도적인 열세에서도 분전했으나 시간이 지날수록 패색이 짙어지기 시작했다.

─끝내도록 하지. 먹기 좋은 상태가 되어라.

파투가가 수류를 날려서 별의 아이의 움직임을 묶은 다음 아가리를 벌리고 맹습할 때였다.

꽝!

측면에서 날아든 한 줄기 섬광이 파투가를 쳐서 쓰러뜨렸다.

─카악! 땅끝마을의 인간 놈들! 발버둥 쳐볼 생각이냐?

파투가가 격노했다. 당연히 땅끝마을의 전사들이 참전했으리라 생각한 것이다.

"흠, 제법 큰 놈이로군. 대요괴인가?"

하지만 불쑥 파투가 앞에 얼굴을 들이민 것은 땅끝마을의 전사가 아니었다.

전신에 푸른 기류를 휘감은 노인, 귀혁이었다.

─네놈은 뭐…….

귀혁은 파투가의 말을 기다려 주지 않았다.

꽝!

그가 장신이라고 하나 몸길이가 20장에 달하는 파투가에 비하면 발톱 하나 정도 크기에 불과하다. 그런데 그의 주먹이 작렬하는 순간 굉음이 울려 퍼지면서 파투가의 몸이 얼어붙은 바다 위로 처박혔다.

쿠과아앙……!

"내가 누군지 말해주면 알기는 하겠느냐? 어차피 모를 거, 그냥 죽도록 해라."

─인간 주…….

"덩치만 컸지 싸우는 법도 모르는 뱀 새끼가 주제 파악을 못 하는구나."

싸늘하게 웃은 귀혁이 한 줄기 섬광으로 화했다.

─무극천풍인(無極天風印)!

허공에 그어진 한 줄기 빛의 선이 파투가의 몸에 닿았다.

꽈아아아앙!

그리고 육화한 귀혁의 두발차기가 강타한 타격 지점으로부터 퍼져 나간 충격이 파투가의 몸을 뒤흔들었다.

─크아아아악!

체내에서 폭발한 충격에 파투가의 몸이 터져 나가고 주변 바다가 요동쳤다.

─무극감극도(無極感隙道)!

그 직후 귀혁이 다시금 빛으로 화하더니 파투가가 비명을 지르느라 찢어져라 벌린 아가리 안에 나타났다.

—광풍노격(狂風怒擊)!

그리고 10심 내공으로 발할 수 있는 최대 규모의 파괴력이 파투가의 목구멍에 작렬했다.

쾅과과과과광!

대폭발이 일어나면서 파투가의 몸을 찢어발겼다.

"호오, 튼튼한 것 하나만은 대요괴답군."

그런데도 파투가는 죽지 않았다. 몸 안쪽에서 일어난 충격으로 터져 나갔던 몸이 시간을 되돌리듯이 고속으로 재생되었다.

파악!

하지만 귀혁이 나서기도 전에 날카로운 검기가 뻗어나가서 그 몸을 베어내었다.

비늘이 터져 나가서 뼈와 내장이 드러난 부분을 크게 베어낸 가려가 파투가의 몸 위에 올라섰다. 그리고 나선형으로 달리면서 촘촘한 그물처럼 검기를 펼치기 시작했다.

—또, 또 무슨……!

"어디 얼마나 끈질긴지 보자꾸나."

귀혁도 가만있지 않았다. 가려가 베고 지나간 부분을 난타해서 산산조각으로 부숴놓았다.

—마, 말도 안 돼! 이런 인간들이 있다니, 이럴 리가 없……!

파투가는 대요괴답게 끈질기게 계속 재생했지만 그것도 한계가 있었다. 일방적으로 두들겨 맞다가 결국 생명력이 다해서 소멸하고 말았다.

"……."

별의 아이는 그 광경을 멍청하니 바라보고 있었다. 눈앞에서 벌어지는 일을 믿을 수가 없었다.

"저기요."

그때 누군가 별의 아이를 손가락으로 쿡쿡 찔렀다. 별의 아이가 흠칫 놀라 옆을 돌아보니 꾀죄죄한 몰골의 소녀, 아이레가 그를 바라보고 있었다.

"아저씨가 형운이라는 사람 맞아요?"

"……."

별의 아이가 눈살을 찌푸렸다.

검은 별이 떨어진 곳에서 반년 만에 깨어났을 때, 그는 아무것도 기억하지 못했다. 그리고 3년 반이 지난 지금도 마찬가지였다.

아이레의 말은 낯설게 들렸다. 마치 처음 땅끝마을 사람들이 말을 걸어왔을 때처럼.

하지만 둘 사이에는 아주 극명한 차이가 있었다. 땅끝마을 사람들의 말은 처음 들었을 때 전혀 의미를 알 수 없었지만 아이레가 하는 말은 알아들을 수 있었던 것이다.

"형운……?"

별의 아이가 중얼거렸다.

이상한 느낌이다. 자신은 그 이름을 알고 있다. 그런 확신이 마음속 깊숙한 곳으로부터 샘솟는다.

심장이 거세게 쿵쾅거렸다. 머릿속이 칼로 찌른 듯 지끈거리면서, 마치 정신에 새겨진 상처로부터 피가 흘러나오듯이 속에 꼭꼭 감춰져 있던 기억이 흘러나오기 시작했다.

"으, 으윽……."

비틀거리는 그를 누군가 붙잡았다.

상대를 본 별의 아이가 흠칫했다. 숨결이 닿을 거리까지 가까워진 아름다운 여성의 얼굴, 자신은 분명 이 얼굴을 알고 있다.

눈빛을 마주하는 순간 머릿속에 수많은 기억이 떠올랐다.

"아."

수많은 얼굴들이 보였다. 하지만 그 얼굴들은 모두 한 사람의 얼굴이었다.

지금 눈앞에 있는 얼굴을 마주했던 수많은 순간이 뇌리를 스쳐 가면서, 가슴속에서 오랫동안 잊고 있었던 언어가 떠올랐다.

"…누나?"

마치 그 말만을 기다렸다는 듯 가려가 그를 와락 끌어안았다.

"믿고 있었습니다."

가려의 눈에서 눈물이 흘러내렸다.

"분명 살아 있을 거라고… 믿고 있었습니다."

기나긴 여정이었다.

모두가 흑영신교 최후의 날 형운이 죽었다고 믿었다. 하지만 단 두 사람, 귀혁과 가려만은 형운이 살아 있으리라 생각했다.

그들의 믿음에는 각각 다른 근거가 있었다.

마지막 순간 성혼좌에서 형운과 마주했던 귀혁은 재창세가 끝나는 순간 이상한 조짐을 감지했다. 그것은 아마도 그 순간의 그에게 성운단의 힘으로부터 비롯된 신기가 남아 있어서였을 것이다.

귀혁은 재창세의 과정에서 형운과 흑영신 사이에 뭔가 거래가 이루어졌음을 알았고, 아마도 그것이 형운이 죽는 것을 막아주었으리라 짐작했다.

가려의 믿음은 보다 직관적인 근거에 기초했다. 형운과 가연국의 영단을 나눠 먹은 그녀는 형운의 생사를 알 수 있었고, 재창세가 끝난 직후에도 여전히 형운이 살아 있음을 느꼈던 것이다.

잠시 시간이 지난 후에는 그 느낌이 사라져 버렸지만 그것은 형운이 죽어서가 아니었다. 영단의 힘으로 감지할 수 있는 범위보다 멀어졌기 때문에 알 수 없게 된 것이다.

서로의 믿음에 대해 대화를 나눈 귀혁과 가려는 형운을 찾기 위한 여행을 시작했다.

그들의 여행에 방향성을 제시해 준 것은 혼마 한서우였다. 불안정해진 스스로를 회복하기 위해 빙령의 곁에서 동면한 그는 빙령과 동화해서 본 예지를 귀혁과 가려에게 전했다.

그 예지를 따라서 청해군도로 향한 귀혁과 가려는 청해궁주로부터 인연의 궤적을 추적할 수 있는 신화시대의 보물을 받을 수 있었다.

그것을 갖고 다시 하운국으로 돌아와 설산으로 향한 두 사람에게 한서우는 이번에는 가연국에서 원하는 것을 얻을 수 있을 것이라는 예지를 전해주었다.

두 사람은 때마침 가연국으로 갈 준비를 하고 있던 운성왕자를 찾아갔고, 그와 함께 가연국으로 갈 수 있었다.

가연국에서 얻어야 할 것이 무엇인지는 금방 알게 되었다. 귀혁에게 사정을 들은 루안이 답을 알려주었기 때문이다.

가연국의 황제에게는 가려와 형운이 나누어 먹은 영단의 힘과 청해군도에서 얻은, 인연의 궤적을 추적할 수 있는 보물의 힘을 한층 더 높은 수준으로 끌어올릴 수 있는 보물이 있었다.

하지만 그가 생면부지의 이국인들에게 자신의 보물을 내줄 이유는 없었다. 그렇기에 귀혁과 가려는 황실과 정치적 거래를 통해서 그 보물을 얻어내었는데, 그 과정은 가연국의 역사에 남을 위업이었다.

두 사람은 오랫동안 가연국을 괴롭히던 '버려진 땅'의 이름난 마인들을 연달아 격파하면서 세력균형을 무너뜨렸던 것이다.

그 업적으로 황제에게 보물을 포상으로 받은 두 사람은 운성왕자를 따라서 하운국으로 돌아왔다. 그리고 오자마자 자혼을 통해서 한서우의 예지를 전해 듣고는 곧바로 야만의 땅으로 넘어와서 이곳까지 도달했다.

"……."

두 사람이 자신을 찾기까지의 대장정을 들은 형운은 멍하니 두 사람을 바라보았다.

가슴속에서 샘솟는 이 마음을 뭐라고 말해야 할지 모르겠다. 한없이 가슴이 벅차올라서 눈물이 흘러내릴 것만 같았기에……

"고마워요."

가려를 와락 끌어안고 속삭였다.

"나를 포기하지 않아줘서."

얄궂게도 평생의 대적이었던 흑영신의 축복이 형운의 존재를 이 세상에 묶어두었다.

하지만 만약 가려와 귀혁이 찾아오지 않았더라면 형운의 생존에는 의미가 없었으리라. 자신이 누구인지도 모르는 채로 언제까지나 이곳에서 별의 아이로 불리며 살아갔을 터.

"…한순간도 그래본 적이 없었지요."

가려가 형운에게 안긴 채로 귀혁을 돌아보며 말했다.

"저도, 어르신도."

"그럼. 어떻게 그러겠느냐? 난 제자하고 한 약속도 지키지 못하는 못난 사부이고 싶지 않았단다."

귀혁이 빙긋 웃으며 품속에서 술병 하나를 꺼냈다. 그리고 병의 마개를 따자 이 얼어붙은 땅에서도 선명하게 느껴지는 아홉 가지 향기가 퍼져 나가는 게 아닌가?

"내기에서 이겼으니 구룡향주는 받아 가야 할 것 아니냐?"

"풋……."

형운은 자기도 모르게 웃음을 터뜨렸다.

"하하하하하."

한참 웃던 형운은 구룡향주 병을 받아 들고 말했다.

"이런 귀한 술을 마시기에 좋은 곳은 아니군요. 누추하지만 제 거처로 가시죠."

"술안주라도 있느냐?"

"여기도 나름의 별미가 있어서 보관해 둔 것들이 좀 있어요. 술안주로 꽤 좋을 거예요. 기억은 안 나는데 입맛은 꽤 까다로워서 맛있는 거 찾겠다고 별짓을 다했거든요."

형운은 별의 아이로 지낸 시간을 되새기며 실소하고 말았다. 이제 와 생각하면 참 어처구니없는 짓들을 많이 했기 때문이다.

특히 맛없는 건 먹고 싶지 않다는 마음이 어찌나 강했는지 모른다. 이제 와 생각하면 어린 시절 약선에 고통받았던 지옥 같은 시간이 기억을 잃은 후에도 그를 지배하고 있었던 것이다.

"아, 그리고……."

문득 형운의 눈길이 아이레에게 향했다.

"얘는 누굽니까?"

"아이레예요. 사부님의 제자죠. 근데 아저씨 사제는 아니니까 사형인 척은 하지 마시고요. 아오, 내가 사부님이 아저씨 찾겠다고 여기까지 오시는 통에 고생한 거 생각하면 진짜……."

"……."

형운은 눈만 껌뻑거리면서 아이레의 투덜거림을 들었다. 그러다가 귀혁에게 물었다.

"사부님 제자인데 제 사제는 아니라는 건 뭔 소리예요?"

"너와 하령이 관계랑 비슷하지. 영성 귀혁의 제자가 아니라 폭풍권호의 제자란다."

"아, 그거."

형운은 귀혁이 언젠가 했던 말을 기억했다. 그리고 까다롭게 따지지 않고 흔쾌히 이 이상한 관계를 받아들였다.

"하하하, 그러면 확실히 제 사제는 아니군요. 그럼 뭐라고 부를까? 아 소저?"

"가연국에서는 이름 그런 식으로 안 부르거든요?"

"아, 그랬지. 이해해 줘. 내가 기억을 잃고 지낸 지 너무 오래됐거든. 그럼 뭐라고 부를까? 아이레 소저?"

귀혁이 아이레를 이레라고 부르는 것은 어디까지나 애칭이다. 아이레라는 이름은 중원삼국의 이름처럼 성과 이름의 조합이 아니라 통째로 이름이었다.

아이레가 인상을 찌푸리더니 흥, 하고 코웃음을 쳤다.

"됐어요. 내가 선심 쓸게요. 그냥 이레라고 부르세요."

"그럴까? 그럼 나도 그냥 형운이라고 불러. 아저씨는 좀 그렇다."

"아저씨 나이 몇인데요?"

"그게… 음, 누나? 나 몇 살이죠, 지금?"

"4년 좀 넘게 지났습니다. 이제 서른두 살이죠."

"아저씨네요."

"……."

반박할 말이 없었다.

말문이 막혀 있던 형운이 문득 가려를 보며 말했다.

"어, 잠깐. 내가 서른둘이면 그럼 누나는……."

"거기까지만 하시죠."

"서른… 아, 네. 그만하죠."

북빙해의 유빙보다도 싸늘한 시선에 형운이 잽싸게 입을 다물었다. 그런데 이 또한 참으로 오랜만에 느껴보는 기분이라 그런지 형운의 입가에는 웃음이 사라지질 않았다.

그러는 동안 멀리서 보고 있던 땅끝마을 사람들이 달려와서 파투가의 시체를 처리하기 시작했다. 그들이 찬사의 말을 던지며 손을 흔들자 형운도 웃으면서 손을 흔들어주고는 나중에 보자는 뜻을 전했다.

귀혁이 말했다.

"들을 이야기가 많겠구나. 너도, 우리도."

"나름대로요. 하지만 뭐, 시간은 많잖아요?"

형운이 웃었다. 기나긴 실종이 끝났다. 이제 그들은 땅끝에서 다시 만났고, 앞으로도 함께 있을 것이다. 이야기할 시간은 얼마든지 있었다.

귀혁이 물었다.

"그러고 보니 한 가지 확인해 둬야 할 게 있구나. 중원삼국으로는 돌아갈 수 있을 것 같으냐?"

"음……"

그 말에 형운이 생각에 잠겼다. 그가 기억을 잃은 채로 머나먼 야만의 땅에 추락하게 된 것은 본래 존재했던 인과율을 무시하고 무자비하게 고쳐 쓰기를 당한 시공이 형운의 존재를 거부했기 때문이다.

흑영신의 축복은 그런 형운을 현계에 남을 수 있게 해주었다. 하지만 애당초 형운이라는 존재의 인과가 존재하지 않는 머나먼 야만의 땅으로 떨궈놓았다.

귀혁과 가려가 4년간의 대모험을 거쳐서 여기까지 도달한 덕에 단절되었던 인과의 실이 이어졌고, 그 결과 형운은 기억을 회복했다. 하지만 과연 중원삼국으로 돌아갈 수 있을까? 형운이라는 존재의 인과가 시작되고 한 번 끝났던 그 공간이 다시금 형운을 받아들일까?

"…모르겠군요. 그건 정말로 추측할 수가 없어요."

형운은 거기에 대해서는 아무것도 확신할 수 없었다. 인과의 재조정이 끝났으니 아무렇지도 않게 형운이 돌아갈 수 있을 수도 있고, 그 영역으로 들어서는 순간 튕겨 나갈 수도 있으리라.

"괜찮습니다."

가려가 형운의 팔짱을 끼고 머리를 기대면서 말했다.

"돌아가지 못하면 어디 다른 데로 가면 되지요. 세상은 이렇게나 넓지 않습니까. 어딘가에는 우리가 정착해서 살아갈 곳이 있을 겁니다."

"누나⋯⋯."

"저, 저는 형운 당신만 있으면 됩니다."

가려는 그런 고백을 하면서 부끄러움에 고개를 돌렸다.

연인 사이에서는 너무나 일상적으로 나올 법한 말이다. 하지만 모두가 죽었다고 하는 자신을 찾기 위해 4년 동안 온 세상을 돌아다닌 사람이 하는 말은 너무나도 크나큰 울림을 갖고 있었다.

형운은 격하게 감동해서 그녀를 와락 끌어안았다. 그리고 그런 두 연인의 모습을 보는 아이레가 눈살을 찌푸리며 귀혁에게 물었다.

"가려 언니 원래 저런 성격이었어요?"

"흠, 전에는 내가 안 보는 데서만 저러더니만 이젠 보든 안 보든 신경 안 쓰기로 한 모양이다. 뭐, 4년이나 한결같이 바라보던 사람 아니냐. 이레 네가 너그럽게 이해해 주거라."

그 말에 형운과 가려가 움찔하더니 떨어졌다. 얼굴을 붉힌 두 사람이 어색한 표정을 짓는데 귀혁이 피식 웃으며 말했다.

"확실히 세상은 넓지. 서쪽 끝에도, 바다 너머에도 문명국들이 있으니 새 출발 할 만한 곳이야 얼마든지 있다. 그리고

정 안 되면 터전 하나 일구면 되지 않겠느냐?"

"터전을 일궈요?"

"야만의 땅을 사람 살 만한 땅으로 만드는 것도 말년의 과업으로는 괜찮을 것 같구나. 신화시대에 종언을 고한 것에 비하면 굵직한 건국신화를 하나 역사에 남기는 것 정도는 소소한 과업이지 않겠느냐?"

"……."

그 말에 형운이 잠시 멍청하니 귀혁을 바라보았다. 그러다가 피식 웃으며 대답했다.

"그거 괜찮겠군요. 그럼 사부님이 의견을 내셨으니 국호(國號)는 귀혁국으로 할까요?"

"내 이름이지만 나라 이름으로 삼자니 어감이 별로구나. 형운국으로 하자꾸나."

"아니, 그건 좀……."

4년 만에 재회한 이들은 그렇게 세상을 뒤집어놓을 이야기를 농담처럼 나누면서 얼어붙은 해변을 걸었다.

이곳에서부터 다시 중원삼국으로 돌아가 그리운 사람들을 만나기까지는 분명 많은 일들이 기다리고 있으리라.

하지만 형운도, 귀혁도, 가려도, 그리고 아이레마저도 미래를 걱정하지 않았다. 그들이 함께 있는 한 앞으로 무슨 일이 이겨낼 수 있으리라는 확신과 희망이 있었으니까.

"그럼 돌아가죠, 집으로."

기나긴 꿈에서 깨어난 형운은 사랑하는 사람들과 함께 귀환길에 올랐다.

『성운을 먹는 자』완결

후기

기나긴 여정이었습니다.

매번 장편을 끝낼 때마다 비슷한 소리를 하기는 했는데…
그래도 이번에는 정말 길었어요. 기간적으로도, 분량적으로
도 이전의 제 기록들을 월등히 뛰어넘었습니다.

온라인에 연재를 시작한 시점부터 따지면 4년하고도 2개
월, 집필을 시작한 시점부터 따지면 4년 반이 걸렸군요.

초반에는 어른의 사정으로 조기 종결 하는 것까지 생각했
던 이야기를 이렇게까지 길게 쓰게 될 줄은 정말 상상도 못
했습니다. 이렇게 되기까지 참 많은 사연이 있었고 생각해 보
면 하고 싶은 이야기도 참 많은데……

근데 막상 쓰자니 뭘 써야 할지 생각이 안 나는군요. 이야기를 완결하기까지 머릿속의 문장을 다 쥐어짜 내서 그런가, 아니면 일단 시작하면 한도 끝도 없이 하게 될 것 같아서 그런가.

어쨌든 시작할 때는 전혀 예상치 못했던 마지막까지 써낼 수 있었던 것은 독자 여러분 덕분입니다.

이 이야기의 가능성을 믿고 성원해 주신 모든 분께 진심으로 감사드립니다.

2017년 6월

김재한

작가 블로그 http://rona13.egloos.com/

작가연합 CUG http://www.fancug.com/

초대형 24시 만화방

신간 100%, 샤워실, 흡연실, 수면실(침대석), 커플석, 세탁기 완비

■ 광명 광명사거리역점 ■

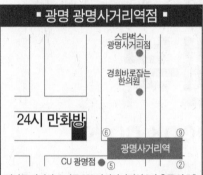

경기도 광명시 오리로 986 광명사거리역 6번 출구 앞 5층
02) 2625-9940 (솔목타워 5층)

■ 강북 노원역점 ■

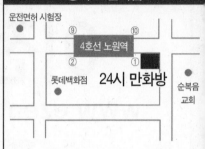

서울 노원구 상계동 340-6 노원역 1번 출구 앞 3층
02) 951-8324 (화용빌딩 3층)

■ 일산 정발산역점 ■

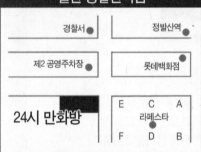

라페스타 E동 건너편 먹자골목 내 객잔건물 5층
031) 914-1957

■ 일산 화정역점 ■

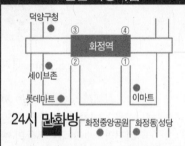

경기도 고양시 덕양구 화정동 984번지 서일빌딩 7층
031) 979-4874 (서일사우나 건물 7층)

■ 부천 역곡역점 ■

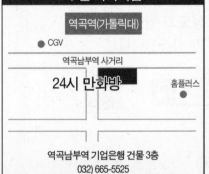

역곡남부역 기업은행 건물 3층
032) 665-5525

■ 부평역점 ■

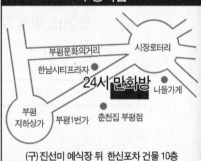

(구) 진선미 예식장 뒤 한신포차 건물 10층
032) 522-2871

天魔神敎
洛陽支部

천마신교
낙양지부

정보석 新무협 판타지 소설

FANTASTIC ORIENTAL HEROES

무협武俠의 무武란 무엇을 뜻하는가?
바로 자신의 협俠을 강제強制하는 힘이다.

자신을 넘어, 타인을 통해, 천하 끝까지 그 힘이 이른다면,
그것이 곧 신神의 경지.

일개 인간이 입신入神하기 위해
필요한 것은 무엇인가?

지금, 그 답을 찾기 위한
피월려의 서사시가 시작된다!

Book Publishing CHUNGEORAM

유행이아닌자유추구
WWW.chungeoram.com

만학검전 종남마검 편

FANTASTIC ORIENTAL HEROES

한성수 新무협 판타지 소설

천하제일인 운검진인과의 대결을 앞두고 사라진
종남파 사상 최고의 제일고수 이현.

그가 나타난 곳은 학문으로 유명한 숭인학관?!

환골탈태 후 절세의 경지에 도달한
이현의 무림기행기!

Book Publishing CHUNGEORAM